Werner Hasselbacher

Sandrasselottern

AF286149

Werner Hasselbacher, geb. 1948, arbeitete neun Jahre als Tierpfleger im Frankfurter Zoo, dem er zeitlebens verbunden blieb. Abitur auf dem Zweiten Bildungsweg. Danach an der Goethe-Universität Frankfurt tätig. Er reiste viel, engagiert sich für den Naturschutz und seine große Leidenschaft ist der Fußball.

Werner Hasselbacher

Sandrasselottern

Novelle

Nach einer wahren Begebenheit

Die Originalausgabe erschien unter dem gleichnamigen
Titel im Verlag freier Autoren, Fulda 1992
Überarbeitete Ausgabe
© 2010 Werner Hasselbacher

Herstellung und Verlag:
BoD – Books on Demand, Norderstedt
Satz und Titelfoto: Werner Hasselbacher
ISBN 978-3-8391-3398-9

Meinen Eltern gewidmet

I

Wenn ein Hansdampf in allen Gassen jemand ist, der nichts anbrennen läßt, und ein Luftikus jemand, der nicht an gestern denkt und nicht nach morgen fragt, so verdiente Bodo diese Beinamen. Die Natur war bei seiner Erschaffung verschwenderisch umgegangen mit Eigenschaften, die bei Frauen in hohem Ansehen stehen, und es wäre unnötig zu sagen, daß er eine feste Freundin hatte und neben ihr noch andere schöne Mädchen, hätten sie nicht Ansprüche an ihn gestellt, die er befriedigen wollte. Es waren keine großen Ansprüche, eher bescheidene Wünsche, denen die Aufgabe zufiel, die Sehnsucht nach dem großen Glück zu dämpfen: miteinander ausgehen, Bestätigung finden, einmal kräftig auf die Pauke hauen und vor allem lieben und geliebt werden – nach der unkomplizierten Methode, bei welcher der Körper die Hauptrolle spielt. Aber auch diese Kleinigkeiten waren nicht umsonst zu haben.

Bodo ließ diese kleinen Träume Wirklichkeit werden. Er kaufte Kinokarten und heiße Würstchen und Trostpflaster gegen Eifersucht. Er wechselte Hemd und Hose häufiger, als es Wetter und Sauberkeitsvorstellungen erforderten. Allabendlich säumten Striche und Kreuze seinen Bierdeckel wie ein Ring magischer Zeichen, der ihm an der Theke Freundschaften herbeizauberte. Er spendierte Runden, um zu zeigen, daß er wer war. Er sorgte für Stimmung, und seine Freundinnen sahen: Bodo war wer.

Wenn er gute Laune hatte, und selten war er schlecht

aufgelegt, nannte er sie herausfordernd „Strickstrumpf".
Dann knufften sie ihn in die Seite oder warfen in ge-
spieltem Trotz ihren Kopf in den Nacken, weil sie nicht
als brave Hausmütterchen gelten wollten und auch weit
davon entfernt waren, welche zu sein. Auf seinem Gesicht aber erstrahlte ein heiteres Lächeln.

Und bei alledem vergaß Bodo, wer er war: ein junger
Bademeister, der seinen Beruf an den Nagel gehängt
hatte, um einen reizvolleren auszuüben, nicht mehr ein
öffentliches Schwimmbad in einer deutschen Großstadt
in sauberem Zustand hielt und Nichtschwimmern das
Schwimmen beibrachte, sondern als frischgebackener
Tierpfleger im Zoo der Stadt vorerst die Schwimmbecken der Flußpferde und Seelöwen und andere
Tiergehege reinigte, für einen Lohn, der anfänglich geringer war als der, den er als Bademeister erhalten hatte.

Dies wäre nicht weiter von Bedeutung gewesen, hätte
sein Portemonnaie nicht die schreckliche Angewohnheit
besessen, objektiv zu sein. Jeden Monat signalisierte es
vorzeitig Pleite. Diese unumstößliche Tatsache brachte
sein Gedächtnis auf Trab. Er merkte, daß er über seine
Verhältnisse lebte. Es kam jedesmal zu einem kleinen
Gefecht zwischen Bedarf und Brieftasche, in dem die
Finanzkräfte siegten und bei seinen Bedürfnissen den
Rotstift ansetzten. Diese Niederlagen zeigten sich am
deutlichsten an den weißen Flächen des Bierdeckelran-
des und an der fehlenden Zerstreuung, die damit verbunden war. Das war der Moment, da sich das ge-
knechtete Verlangen gegen die finanzielle Willkür erhob
und die nüchternen Einwände des Portemonnaies vom
Tisch fegte. Nach mehreren solchen Scharmützeln
wurde seine Vermutung, daß zum Glücklichsein auch

Geld gehört, zur Gewißheit. Jedenfalls war mit Geselligkeit und Kameradschaft allein nicht viel auszurichten.

Er beschloß, mehr zu verdienen. Den langwierigen Dienstweg klammerte er von vornherein aus. Das Ziel war schneller zu erreichen, wenn er die Aufmerksamkeit seiner Vorgesetzten auf sich lenkte und ihre Gunst erlangte. Da konnte es nicht verkehrt sein, ein bißchen zu prahlen und so zu tun, als ob man alles, was andere können, schon längst kann.

Darum erschien er jeden Morgen eine Stunde früher als nötig am Arbeitsplatz. Hier bestand seine erste Amtshandlung darin, alle Lichter einzuschalten. Vorübergehende erblickten in der Festbeleuchtung ein Zeichen emsiger Betriebsamkeit, besonders im Winter, wenn es draußen noch stockfinster war, und sie fragten sich, wer außer ihnen noch so zeitig auf den Beinen sein mochte. In dem Augenblick bog Bodo mit klimperndem Schlüsselbund um die Ecke, und sie wußten es. Im hellen Schein der Glühbirnen und Leuchtstoffröhren warteten währenddessen drinnen dick belegte Butterbrote und eine Kanne dampfenden Kaffees auf die baldige Rückkehr des Lichtmachers.

So alt der Trick auch war, die Direktoren fielen darauf herein, obgleich sie Zoologie studiert hatten und das Wespenkleid der Schwebfliegen ihnen sowenig Rätsel aufgab wie der scheinbar flügellahme Kiebitz, der den Fuchs vom Nest weglockt.

So tun als ob.

Die Nachricht von Bodos unbezahlten Überstunden traf in der Chefetage nicht auf taube Ohren. Die Folge war, daß Bodo zuweilen denjenigen, die Fachausbildung besaßen, aber an Strom sparten, vorgezogen wurde. Sie schaufelten Sand und entleerten Sickergruben; er führte junge Gorillas vor und fütterte die Robben, wofür er auch noch besser bezahlt wurde.

Das mußte Ärger geben. Die Betroffenen murrten auch und sträubten sich gegen die ungerechte Behandlung. Aber Bodo behauptete seine Stellung. Mit Rückendeckung von oben. Denn das Gerangel um die billigen Plätze im Parkett hat ja noch niemals denen geschadet, die auf den Logenplätzen sitzen.

Die Lohnerhöhung trug reiche Früchte. In dem Maße, wie Bodos Portemonnaie sich füllte, wurden seine Thekenbrüder voller und seine Freundinnen fröhlicher. Er gab das Geld mit vollen Händen aus. Da er sein Konto überzog, klafften auf dem Bierdeckelrand bald wieder die berüchtigten weißen Lücken. Die Stunde seiner festen Freundin schlug: Sie rückte zu seiner Verlobten auf. Ernüchtert stellte er fest, daß es ihm nicht besser als vorher ging.

Mehr scheinen als sein – das ist ein Teufelskreis, in dem die Unzufriedenheit triumphiert. In ihm war Bodo gefangen.

Die Rettung aus seiner chronischen Geldnot nahte in Gestalt bunter Magnetscheibchen, die am Dienstplan hafteten. Bodo entnahm ihnen nicht nur, daß er mit der Betreuung von Pavianen und Rhesusaffen beauftragt wurde. Sie wiesen ihn auch auf die schiefe Bahn.

Tausende von Münzen, die den bedrohten Tieren in aller Welt zugute kamen, waren in den kleinen Brunnen vor dem Affenhaus geworfen worden, bevor Bodo seinen Dienst antrat, und Abertausende sollten es in den kommenden Jahren noch werden. Dafür Sorge zu tragen, daß der Brunnen auch weiterhin seinen edlen Zweck erfüllte, gehörte nunmehr zu Bodos Aufgaben.

Er leistete ganze Arbeit. Regelmäßig sammelte er das Geld ein, hielt das Brunnenbecken peinlich sauber, reinigte mit Chlorkalk gründlich das hellblaue Mosaik, damit der Blick stets durch klares Wasser bis zum Grund fiel. Bei dieser Beschäftigung schaute er nicht auf die Uhr, und oft war es schon Feierabend, wenn er, bewaffnet mit Schrubber und Schlammschaufel, gegen die Not der Tiere zu Felde zog.

Bodo schloß seine eigene Notlage mit ein. Daher sein Eifer.

Abend für Abend benutzte er die zwei ordinären Bergungsgeräte, um die Spenden an Land zu hieven. Die ausländischen Währungen ließ er für den nächsten Tag als Anreiz im Becken liegen. Den feuchten Ertrag schüttete er auf das Sieb eines Heißluftapparates, und nach der Scheidung von Wasser und Metall halbierte er die Trockenmasse. Die eine Hälfte leerte er in die dafür vorgesehene Stahlkassette, die andere verschwand in seiner Tasche. Niemand sah es, und der kleine Gorilla verriet nichts. Erstens war er am Brunnen den lieben langen Tag damit beschäftigt, einen bleistiftdünnen Wasserstrahl aus seinem Mund zu spritzen, zweitens so stumm wie die Bronze, aus der er gegossen war, und drittens können Gorillas sowieso nicht reden.

Für Bodo waren die Abende wieder schön.

Leider war die Spendenbereitschaft kalkulierbar, und der Kalkulator saß in der Rechnungsabteilung, wo man einen merklichen Rückgang der Spenden registrierte. Und das in der Hochsaison! So währten die ungetrübten Stunden nicht lange. Der Rechnungsführer ließ nach dem Hauptkassierer rufen, der Hauptkassierer zitierte den Oberaffenpfleger zu sich.

Ein Gang aufs Büro verhieß nichts Gutes. Die Schweißdrüsen des Oberaffenpflegers begannen bereits auf halbem Wege mit ihrer Tätigkeit. Am liebsten hätte er die steinernen Stufen der Freitreppe, die im Verwaltungsgebäude zu den Büroräumen hinaufführten, in die Unendlichkeit verlegt. Statt dessen leiteten sie ihn zielsicher zum Rechnungswesen, und dort wurde er nach mehrmaligem Klopfen an der Tür in barschem Ton hereingebeten. Nachdem er eingetreten war und Platz genommen hatte, unterrichtete ihn der Hauptkassierer über die Sachlage und fragte abschließend:

„Haben Sie eine Erklärung dafür?"

Der Oberaffenpfleger, in Schweiß gebadet, beteuerte achselzuckend:

„Keine Ahnung. Wirklich nicht!"

Aber die Buchhaltung war kleinlich. Sie nahm seine Aussage unter die Lupe, ging seiner Pflichterfüllung mit der Schieblehre nach und legte seine Worte auf die Goldwaage. Um so großzügiger war sie beim Verteilen der Verantwortung. Der Oberaffenpfleger trug schwer an ihr, als er den weißen Prunkbau aus der Gründerzeit verließ, in dem die Verwaltung gleich den Göttern des Olymp über die Schar verlorener Seelen in der kleinen Welt zu ihren Füßen thronte und deren Schicksal bestimmte. Mit jedem Schritt, den er machte, stieg das Mißtrauen in ihm, und am Ende des Rückwegs war die Zahl seiner Verdächtigen zweistellig.

Dem gespendeten Kleingeld widerfuhr eine noch nie dagewesene Fürsorge. Für Lausbubenstreiche brachen schlechte Zeiten an.

Mancher Kaugummi und manches Heftchen waren bislang aus dem Wunschbrunnen finanziert worden. Das war eine feine Sache, zu der es nur etwas Einfallsreichtum und Geschicklichkeit bedurfte. Man konnte zum Beispiel an einer Schnur einen Magneten befestigen, diesen, so als wäre er eine Münze, ins Wasser werfen und ihn, wenn die Luft rein war, um den Wert einiger Limonaden reicher, am Faden wieder herausziehen. Oder es genügten auch ein langer Arm und ein Paar flinke Beine, um zum gleichen Ergebnis zu kommen.

Dergleichen wurde nun ein Ende bereitet durch ein radikales Verstopfen der Kanäle, in denen das Geld versickerte. Diese Maßnahme schlug bei den Kiosken der näheren Umgebung schon sehr bald als Minus zu Buche. Die Kioskbesitzer allerdings nahmen die geringen Einbußen als naturgegeben hin und machten sich keine weiteren Gedanken darüber, oder sie forschten erst gar nicht nach der Ursache, da es sich doch lediglich um Pfennigbeträge handelte. Zuallererst aber bekamen den neuen Kurs die auf frischer Tat ertappten Kinder zu spüren. Die sträfliche Aufbesserung ihres Taschengeldes endete mit einer Mitteilung an Eltern und Schule oder bestenfalls mit einer Backe, die sich rötete und anschwoll, weil sie sich nicht rechtzeitig außer Reichweite der Fürsorglichkeit gebracht hatte.

Bodos Hand gehörte zu den Händen, die genau zielten und sicher trafen. Um seiner selbst willen war er Räuber und Gendarm in einem. Und der Gendarm waltete seines Amtes ohne Ansehen der Person, duldete keine Ausnahme – Bodo eingeschlossen. Wenn sich beim Einsammeln des Geldes die Versuchung einstellte, meldete er sich und befahl: „Laß das!" Und Bodo ließ es, und das schnöde Ansinnen hatte das Nachsehen. Die Befolgung dieser Weisung aber brachte die zusätzliche Einnahmequelle zum Versiegen, und das rief verstärkt den Räuber auf den Plan.

Eines Tages, als der Oberaffenpfleger frei hatte und sich weitab in seinem Schrebergarten seinen Kaninchen und Hühnern widmete, hörte Bodo am Abend die verführerische Stimme sagen: „Sei kein Dummkopf. Greif zu. So eine Gelegenheit kommt so schnell nicht wieder!"

II

Die drei Mann vom Spätdienst hatten ihre Arbeit beendet und machten sich auf den Heimweg; alle anderen Kollegen waren bereits eine Stunde vor ihnen gegangen. Die Kassette mit den Monatseinnahmen, die in der Futterküche des Affenhauses in einem Schrank aufbewahrt wurde, zog Bodo magisch an. Er hatte den Schlüssel schon parat. Wenn ich aber die Schranktür mit dem Schlüssel öffne, sagte er sich, bin ich der erste, der in Verdacht gerät. Es muß wie ein Einbruch aussehen. Die Tür wurde zu einem Hindernis, wenn auch keinem unüberwindlichen. Unter dem Spülbecken stand der Werkzeugkasten; in ihm mußte sich ein Stemmeisen befinden. Der Kasten war rasch hervorgeholt. Er öffnete ihn. Im oberen Fach lagen ein Hammer, eine Zange ... im mittleren Nägel, Schrauben ... Er klappte den Kasten ganz auf – da war es, das Stemmeisen! Er nahm es heraus und stemmte es zwischen Tür und Rahmen, mit Mühe; mehrmals glitt die Spitze aus der schmalen Fuge. Einmal, zweimal ... viele Male drückte er gegen das Stemmeisen. Das Kunststoffurnier platzte ab, das Schloß hielt stand. Er wiederholte den Vorgang. Von der Türkante splitterte das Holz, ohne daß er dadurch seinem Ziel näher kam. Er machte eine Pause und überlegte, ob er nicht doch den Schlüssel nehmen sollte, der im Verein mit anderen an seinem Hosenbund hing. Der Gedanke war verführerisch. Und wie um seine Hände von dem verlockenden Griff nach dem Schlüssel abzuhalten, schlug er im Takt das Eisen mit der rechten Hand in die Handfläche der linken.

„Mist, verdammter", murmelte er und trat mit dem Fuß kräftig gegen die Tür, die ihm solche unerwarteten Schwierigkeiten bereitete.

In Verbindung mit dem Fußtritt wirkte dieser Fluch wie das „Sesam, öffne dich!" in der Geschichte von Ali Baba und den vierzig Räubern, denn die Schranktür sprang daraufhin auf. Aber dahinter winkte kein Schatz. Gähnende Leere tat sich auf. Das überraschte Bodo keineswegs. Er hatte die Kassette bereits vorher unter Verwendung des Schlüssels herausgeholt. Der Einbruch brauchte ja nicht bis in die kleinste Einzelheit vorgetäuscht zu werden.

Zufrieden wandte er sich der Kassette zu, die auf dem Tisch stand. Im Handumdrehen hatte er sie mit dem Kasettenschlüssel geöffnet. Ihren Inhalt verteilte er gleichmäßig auf drei unauffällige Plastiktüten, wie sie in jedem Lebensmittelgeschäft erhältlich waren, und verstaute die offene Kassette in einer vierten. Den Schlüssel legte er in eine verschließbare Schublade zurück.

Er verließ das Haus durch den Hinterausgang und vergaß nicht, die Tür hinter sich abzuschließen. Dadurch war er gezwungen, die vier Plastiktüten in einer Hand zu halten. Sie hatten ein beachtliches Gewicht, obgleich das Geld nur ihren Boden ausfüllte. Bodo fürchtete, sie könnten jeden Augenblick zerreißen.

Neben dem Hinterausgang, unter einer Hecke, lag ein faustgroßer Stein, der gewöhnlich dazu verwendet wurde, das Zuschlagen der Tür zu verhindern. Bodo bückte sich nach dem Stein und hob ihn mit der freien Hand auf. Nachdem er sich vergewissert hatte, daß ihn niemand beobachtete, schlug er mit ihm die Scheibe des

Küchenfensters ein. Dann streute er etwas Erde durch das Fenster und sorgte für deutliche Fußspuren, so daß der Eindruck entstand, als sei jemand von außen eingestiegen.

Gerade als er im Begriff war zu gehen, sah er einen jungen Burschen und ein Mädchen Hand in Hand den Weg entlangkommen. Um nicht entdeckt zu werden, versteckte er sich hinter der Hecke, die frisch gestutzt war und ihm nur notdürftig Deckung bot.

Etwa dreißig Schritte von ihm entfernt blieben die beiden stehen. Sie umarmten sich und begannen, angeregt durch die exotische Umgebung und im Glauben allein zu sein, sich ungeniert zu küssen und auch an sonstigen Liebkosungen nicht zu sparen.

Bodo überlegte, ob er die Gelegenheit nutzen und verschwinden sollte. Er konnte versuchen, sich leise davonzustehlen und, einen Bogen beschreibend, die Gefahrenzone umgehen. Oder sollte er die Flucht nach vorn wagen? Er entschied sich für die zweite Möglichkeit. Unbemerkt trat er aus seinem Versteck und ging auf das Liebespärchen zu. Als er sich ihm bis auf wenige Meter genähert hatte, rief er:

„Herrschaften ... Feierabend. Aber ein bißchen dalli!"

Auf der Stelle lösten sich die beiden aus ihrer Umarmung, starrten erst Bodo an und dann zu Boden wie zwei reumütige Schulkinder, die der Lehrer in einer dunklen Ecke beim Rauchen ertappt hat.

Sie hatten sich bisher für aufgeklärte Menschen gehalten, die sich wegen ihrer Zuneigung nicht schämen. Ihre Eltern hatten ihnen zur rechten Zeit die einschlägige Literatur in die Hände gespielt oder wenigstens der Neugier keine Zwangsjacke verpaßt. Im

Sexualkundeunterricht war nicht nur von Blüten bestäubenden Bienen die Rede gewesen, vielmehr konnten sie auch eine gediegene Straßenaufklärung vorweisen. Nicht umsonst übten sie sich gekonnt in der fraglichen Disziplin. Und jetzt mußten sie erleben, wie ein paar schnoddrige Worte das Feuer ihrer Liebe zum Erlöschen brachte wie ein tosender Orkan eine Streichholzflamme.

Bodo, der nur wenig älter war als sie, stand breitbeinig vor ihnen und gab sich gelassen. Sein Herz pochte zwar, aber das bemerkte nur er.

„Wir dachten, es sei noch geöffnet", entschuldigte sich der junge Bursche.

„Denken soll man den Pferden überlassen. Die haben den größeren Schädel", erwiderte Bodo. „Keine Augen im Kopf, he? Oder meint ihr, die Ketten hängen nur so zum Spaß vor den Wegen?"

Um seinen Worten Nachdruck zu verleihen, fingerte er gewichtig an seinem Schlüsselbund herum.

„Wir verstehen schon", sagte das Mädchen verlegen, „Sie wollen ja auch mal nach Hause."

„Eben."

Daraufhin machten sich Bodo und das Pärchen gemeinsam auf den Weg zum Ausgang. Das Klimpern der Schlüssel war vom Klirren der Münzen nicht zu unterscheiden.

„Sie haben einen interessanten Beruf", sagte unterwegs das Mädchen. „Er ist sicherlich sehr abwechslungsreich, aber es gehört auch viel Idealismus dazu, nicht wahr?"

Bodo nickte versöhnlich. „Das Wochenende geht meistens drauf, von den Feiertagen gar nicht zu reden."

„Das wäre nichts für mich", meinte das Mädchen.

Und ihr Freund fragte:

„Verdienen Sie wenigstens einigermaßen?"

„Kann nicht klagen. Hab' freien Eintritt in den Zoo, was will man mehr."

Sie lachten.

Am Ausgang angelangt, sagte das Mädchen:

„War nett, Sie kennenzulernen".

Ihr Freund nickte zustimmend. Dann verließen die beiden durch eine Drehtür den Zoo.

Gott sei Dank, die bin ich los, dachte Bodo und begab sich zu den Umkleideräumen, die sich nahe dem Ausgang im ersten Stock eines dreistöckigen Gebäudes befanden.

Im Flur zu den Umkleideräumen hing ein Wandschränkchen, in das nach Dienstschluß die Schlüssel zu den Tierhäusern durch einen oben angebrachten Schlitz geworfen wurden. Spätabends hing der Nachtwächter die Schlüssel an numerierte Haken im Schränkchen, wo sie bis zum frühen Morgen unter Verschluß blieben. Die Schlüssel für das Affenhaus waren die letzten, die noch gefehlt hatten. Nachdem sich Bodo auch dieser Pflicht entledigt hatte, machte er einen Spaziergang hinunter zum Fluß.

Auf den Straßen herrschte reger Verkehr. Die Luft war schwül und stickig. Ein Gewitter braute sich zusammen. Schon prasselten vereinzelt dicke Tropfen aufs Pflaster. Unter einer überdachten Straßenbahnhaltestelle suchte Bodo Schutz vor dem einsetzenden Regen. Es standen nur wenige Personen hier, und er wählte ein Plätzchen in der Mitte, wo es am sichersten war, falls der Regen stärker werden würde.

„Gerade noch geschafft, junger Mann, was?" sprach ihn eine alte Frau an, die in seiner Nähe stand.

„Hm. Sieht ganz nach einem Wolkenbruch aus", erwiderte er und stellte die Plastiktüten zwischen seinen Füßen ab.

Grell zuckte ein Blitz, dem ein krachender Donner folgte. Das Gewitter war jetzt direkt über ihnen. Der Himmel öffnete seine Schleusen, und je dichter und schwerer die Tropfen fielen, desto mehr Leute suchten Schutz unter dem Dach der Haltestelle. Nach kurzer Zeit sah sich Bodo von einer dichtgedrängten Menge umringt, und noch immer eilten Leute herbei, um ins Trockene zu gelangen. Sie drängten die Personen vor ihnen zurück, wodurch die Menge jedesmal in Bewegung geriet und immer mehr zusammenrückte. Der Kreis um Bodo schloß sich enger und enger. Da trat sein Vordermann auch schon auf seine Tüten. Besorgt tastete Bodo nach ihnen, bekam sie jedoch nicht zu fassen, weil es in dem Gedränge unmöglich war, sich zu bücken. So konnte er sein kostbares Gut nur noch mit Worten verteidigen.

„He, Sie da!" sagte er mürrisch. „Falls Sie es noch nicht bemerkt haben, Sie stehen auf meinen Einkaufstüten. Behalten Sie gefälligst Ihre Quadratlatschen bei sich!"

„Wie denn?" knurrte der andere gereizt zurück. „Soll ich mich in Luft auflösen?"

Dem war nichts entgegenzusetzen. Er steckte wie eine Maus in der Falle. Dafür hätte er sich ohrfeigen können. Warum mußte er sich hier auch unterstellen? Wenn die Plastiktüten nun zerrissen – was dann? Seine einzige Hoffnung war, daß der Regen bald nachließ. Im

Moment sah es allerdings nicht danach aus, denn wahre Sturzbäche gingen hernieder. Als ein paar Minuten später eine Straßenbahn vorfuhr, schöpfte er wieder Zuversicht. Erneut geriet die Menge in Bewegung. Ein Teil der Leute drückte und schob sich unter Zuhilfenahme der Ellenbogen an den anderen vorbei, stürzte hinaus in das Unwetter und lief, Regenschirme, Aktentaschen oder Zeitungen über die Köpfe haltend, zu der wartenden Bahn. Nicht länger war er eingekeilt. Als erstes griff er nach den Tüten. Ein prüfender Blick ergab, daß sie alle noch heil waren. Er atmete auf. Ehe die ausgestiegenen Fahrgäste unter das schützende Dach flüchteten, stürzte er nach draußen. Große, alte Platanen säumten die Straße, und von einer zur anderen rannte er den Bürgersteig entlang. Die alte Frau, die ihn angesprochen hatte, blickte ihm kopfschüttelnd nach. Gut ein Dutzend Bäume hatte er hinter sich gelassen, als der Regen schwächer wurde und schließlich ganz aufhörte. Trotzdem war er bis auf die Haut durchnäßt. Aber das nahm er nach alldem in Kauf, zumal die Sonne schon wieder hinter den Wolken hervorkam, so daß seine nassen Haare und Kleider von selbst trocknen würden. Ohne Hast und Eile setzte er seinen Weg fort.

Auf einer der Brücken, die über den Fluß führten, blieb er an der Brüstung stehen. Eine lange, zeitweilig ins Stocken geratende Autoschlange wälzte sich über die Brücke, verwehte die zarten Dunstschleier, die über dem dampfenden Asphalt schwebten, und verscheuchte einen Taubenschwarm, der sich am Straßenrand niedergelassen hatte. Mit dumpfem Tuckern fuhr ein Lastschiff behäbig stromab. In entgegengesetzter Richtung jagte am Abendhimmel eine blauschwarze, blutrot geränderte Wolke der finsteren Wolkenbank hinterher, die langsam ostwärts zog. Die sinkende Sonne tauchte den Horizont in Purpur und Gold, vor dem sich die Silhouette der Innenstadt pechschwarz und konturenscharf abzeichnete wie ein riesiger Scherenschnitt: die verwinkelten Giebel und Dächer des mittelalterlichen Rathauses, daneben die geraden Linien der Neubauten, über allem der himmelwärts strebende Dom.

Bodo stellte die grüne, metallisch schimmernde Kassette auf das Brückengeländer und stützte sich mit vor der Brust verschränkten Armen auf sie. Einige Fußgänger kamen aus beiden Richtungen auf ihn zu. Er wartete, bis sie an ihm vorübergegangen waren. Und in einer Phase, als die Verkehrsampeln an der Brücke auf Grün standen und die Autofahrer das Tempo beschleunigten, hob er ein wenig seine Arme an, gerade so viel, daß die Kassette von seinem Körperdruck befreit wurde, und tippte mit den Fingern gegen sie. Der leichte Schub genügte, um sie vornüber vom Geländer zu kippen. Sie fiel von der Brücke und klatschte tief unten aufs Wasser. Einen Augenblick lang trieb sie an der Oberfläche, als zögere sie, unterzugehen, dann sank sie hinab zum Grund. Kleine Luftblasen stiegen empor, wurden von der Strömung ein Stück mitgerissen, ehe sie zerplatzten. Dann strömte der trübe Fluß wieder dahin, als wäre nichts geschehen. Bodo wandte sich ab und ging nach Hause.

Noch am selben Abend verwandelte er sein Wohnzimmer in einen Bankschalter. Er stapelte die Münzen zu kleinen silbernen, messing- und kupferfarbenen Säulen, die den ganzen Sofatisch in Beschlag nahmen. Auch ein paar Geldscheine waren dabei. Man hatte sie im

Laufe des Monats gegen Münzen, die man für Zigaretten- und Getränkeautomaten brauchte, umgetauscht. Der anschließende Kassensturz ergab rund achthundert Mark. Bodo fand, daß dies ein hübsches Sümmchen sei.

Er streckte sich entspannt auf dem Sofa aus, die Arme unter dem Kopf verschränkt, und überlegte, wofür er das Geld ausgeben sollte. Als erstes werde ich die rückständige Miete bezahlen, dachte er. Da bleibt mir noch ein ansehnlicher Batzen, den kann ich verpulvern. Die Sache hatte nur einen Haken: Er konnte bei seiner Hauswirtin schlecht mit einem Säckchen voll Kleingeld vorstellig werden. Die Münzen mußten also weg und Banknoten her. Das Problem war nur, wie? Weder eine Bank noch eine Sparkasse kamen dafür in Frage, da Nachforschungen zu erwarten waren. Er stand auf, ging in die Küche und holte sich aus dem Kühlschrank ein Bier. Ihm fiel ein, daß er heute abend eigentlich mit Judith verabredet war.

Judith war sein neuester Schwarm. Sie hatten sich beim letzten Betriebsausflug näher kennengelernt. Anita, seine Verlobte, war zur Zeit zu Besuch bei ihren Eltern, und er hatte sich vorgenommen, während ihrer Abwesenheit das Eisen zu schmieden, solange es heiß war.

Aber ein Stelldichein kam ihm im Augenblick sehr ungelegen. Er ging zum Telephon und wählte Judiths Nummer. Sie wartete schon ungeduldig auf seinen Anruf und meldete sich gleich. Es sei ihm nicht gut, erklärte er ihr, aus ihrer Verabredung würde nichts werden, aber morgen sei auch noch ein Tag. Judith konnte ihre Enttäuschung nicht verbergen. Er mußte ein halbes Dutzend zärtlicher Worte und das Doppelte an Küssen durch die Leitung schicken, bevor ihr lautstarker Protest langsam verebbte und sie schließlich halbwegs besänftigt den Hörer auf die Gabel legte.

Nach diesem kurzen Zwischenspiel setzte er sich vor sein Terrarium, um in aller Ruhe nachzudenken. Hier kamen ihm meistens die besten Ideen. Sein Blick ruhte gedankenverloren auf den drei Sandrasselottern, die derzeit das Terrarium bewohnten. Sie stammten aus der Nachzucht des Zoos, und der Leiter der Reptilienabteilung hatte sie ihm bereitwillig für einen Spottpreis verkauft.

Die Schlangen lagen regungslos auf einem Stein und genossen die Wärme, die eine Heizlampe über ihnen verbreitete. Diese künstliche Licht- und Wärmequelle ersetzte ihnen die Sonne, so wie die ganze mit Sand und Gräsern versehene Behausung ein Ersatz war für ihre eigentliche Heimat, die Wüsten- und Steppengebiete Afrikas und Asiens. Es waren ausgewachsene Exemplare mit einer Länge von knapp einem halben Meter. Ihr sandbrauner Rücken war mit einem Muster heller Querbinden überzogen; ihre starren Augen glänzten bernsteingelb. Sie waren giftiger als eine Königskobra und ebenso angriffslustig. Sie stießen so blitzschnell zu, daß das Auge kaum folgen konnte. Ihr Gift zersetzte das Blut und das Gewebe und wirkte lähmend auf das Herz. Schon im Babyalter, als sie nicht größer als ein Zeigefinger waren, hielten sie in ihrem Oberkiefer das tödliche Gift bereit.

Aus Fachbüchern sowie aus eigener Beobachtung wußte Bodo über die Eigenschaften seiner Zöglinge genau Bescheid. Umfangreiche Kenntnisse waren für den Umgang mit ihnen gewissermaßen eine Lebensversicherung. Andererseits erwies sich dieses Wissen bei der

Schlangenbeschwörung, mit der er gelegentlich vor seinen Gästen glänzte, eher als hinderlich, weil es ihn daran erinnerte, daß ihm die Darbietung möglicherweise zu einer Fahrkarte ins Jenseits verhalf.

Die Vorstellung fand stets unter dem Vorwand der Hygiene statt. In ihr war Bodos leichtfertiges Hantieren im Terrarium zu bewundern und am Schluß das erleichterte Aufatmen der Anwesenden zu hören, wenn er sich wieder unversehrt zu ihnen setzte. Unterdessen klärte er sein Publikum ganz beiläufig darüber auf, wie waghalsig seine Nummer war. Das steigerte den Nervenkitzel, besonders bei den Damen. Wie zum Beispiel damals bei Anita. Für den Bruchteil einer Sekunde hatte seine Hand die Sandrasselottern gestreift. Sie ringelten und streckten gereizt ihre Leiber, wobei sie ihre keilförmigen Schuppen aneinanderrieben und ein zischendes Rasseln erzeugten, das durch Mark und Bein ging. Anita wurde kreidebleich; sie fürchtete um sein Leben. Genau das hatte er beabsichtigt. Er machte munter weiter, und als Anita ihm frevelhaften Leichtsinn vorwarf, wies er ihren Vorwurf mit den Worten zurück, daß es auch in der Schlangenhaltung ohne eine gewisse Sauberkeit nicht gehe. Im übrigen könne einem überall etwas zustoßen, und wenn er schon sterben müsse, dann in ihren Armen. Anita wußte nicht, ob sie lachen oder weinen sollte. Endlich stellte er seine haarsträubende Tätigkeit ein. Sie seufzte erleichtert auf, fiel ihm um den Hals und nannte ihn einen verrückten Kerl.

Als nächstes wollte er Judith mit seiner Nummer beeindrucken. Er war gespannt auf ihr Gesicht. In seiner Phantasie hatte er die Situation bereits mehrmals durchgespielt und war stets als strahlender Held aus ihr hervorgegangen.

Die Bierflasche war leer, und Bodo holte sich eine neue. Er war der Lösung seines Problems sehr nahe, und nachdem er auch die zweite Flasche ausgetrunken hatte, war er sich über sein weiteres Vorgehen im klaren.

Am nächsten Morgen wurde Bodo in der Futterküche des Affenhauses Zeuge eines heftigen Wortwechsels.

„Hand abhacken solchen Brüdern. Du versteh? Hand, zack … ab! Wie bei euch in Marokko."

Mit diesen Worten plädierte Franz Schlesier, der Oberaffenpfleger, als Angehöriger einer modernen Industrienation für blutige, mittelalterliche Vergeltung.

„Ah, nix Hand ab in Marokko. Gefängnis", korrigierte ihn Achmed, der Marokkaner. Der Untertan des marokkanischen Königs machte sich zum Fürsprecher eines gemäßigten Strafvollzugs. „Du gucken, wenn eine Hand is ab, Dieb stehl mit andre Hand. Und wenn hat gar keine Hand mehr, dann andre Mann klau. Du versteh?"

„Blödsinn", erwiderte Franz Schlesier, dem diese Logik zu hoch war. „Nicht lange gefackelt, sage ich."

„Einen schönen guten Morgen die Herren", platzte Bodo in die Debatte. „Ich will ja nicht stören, aber darf ich daran erinnern, daß es erst halb acht ist. Für meinen Geschmack ein bißchen zu früh, um sich die Köpfe heiß zu reden. Wie wär's mit einer Beruhigungstablette aus der Hausapotheke?"

Achmed lachte, während Franz Schlesier mürrisch ein „Guten Morgen" brummte, um sogleich auf den Grund für seine harte Haltung zu verweisen.

„Vielleicht hast du die Güte und schaust dir das hier mal an", sagte er zu Bodo und zeigte mit dem Finger auf die Glasscherben und die aufgebrochene Schranktür. „Das findest du wohl witzig?"

„Schöne Bescherung", pflichtete ihm Bodo bei, nachdem er sich den Schaden angesehen hatte, und fragte: „Ist die Polizei schon verständigt?"

„Ich glaube, ja", antwortete Franz Schlesier. „Die Verwaltung habe ich jedenfalls gleich informiert. Sind von der Sache nicht gerade begeistert, wie du dir denken kannst."

Für eine Weile wurde die Küche zum Umschlagplatz wüster Spekulationen. Kühne Theorien hinsichtlich des mutmaßlichen Täters wurden aufgestellt und verworfen. Einige Vermutungen blieben allerdings unausgesprochen, weil sich die forschen Theoretiker ihres Tagewerks besannen, das ihnen kein allzu langes Palaver gestattete.

Gegen zehn Uhr – Bodo, Achmed und Franz Schlesier saßen gerade in der Küche beim Frühstück – erschienen zwei Kriminalbeamte. Sie schauten sich am Tatort um, sicherten Spuren und stellten Fragen. Ihre Recherchen fanden unter den Augen der Zoobesucher statt. In Scharen zogen sie an der Küche vorbei und warfen durch ein Schaufenster einen Blick in sie: alte und junge, Männer und Frauen, weißgesichtige, schlitzäugige, schwarzhäutige, hochgewachsene, kleingeratene, korpulente, hagere – sie alle sahen fünf Männer, von denen einer mit einem Messer Obst in appetitliche Happen schnitt, während die vier anderen offenbar nichts Besseres zu tun hatten, als Maulaffen feilzuhalten. Die Kinder preßten ihre Nasen gegen das Fenster, übten ihre Stimmbänder, schrien und kreischten, versuchten sich als Trommler, klopften, patschten, hieben an die Scheibe, damit auf ihr neben dem Abdruck ihrer platt gedrückten Nasen auch der ihrer Hände gut sichtbar war und ihr Andenken bewahrt wurde. Aber weder ihre musikalische Begabung noch ihr ungestümer Tatendrang wurden von den Erwachsenen in angemessener Weise gewürdigt. Sie ignorierten das frohe Schaffen der Sprößlinge, denn ihr Interesse galt ausschließlich den Männern in der Küche, und so mancher bedauerte es, daß er nicht an ihrer Stelle war und wie sie sein Geld mit Herumstehen und Schwatzen verdiente.

Die beiden Kriminalbeamten erfuhren von Franz Schlesier, daß außer dem Nachtwächter nachts niemand Zugang zu den Schlüsseln für die Tierhäuser hatte. Bodo konnte das bestätigen und betonte, daß er gestern abend die Schlüssel für das Affenhaus ordnungsgemäß in das Wandschränkchen geworfen habe. Achmed fuhr unterdessen unbeirrt damit fort, Obst zu schneiden und es auf eine Reihe Eimer zu verteilen. Denn die Arbeit lief ja nicht weg, sondern mußte getan werden, und wenn nicht von dreien, dann wenigstens von einem.

„Jetzt aber los und ran an die Arbeit!" sagte Franz Schlesier, als sich die Kriminalbeamten nach etwa einer Stunde endlich verabschiedet hatten. Achmed nickte, und Bodo fügte hinzu:

„Ganz meiner Meinung. Schlimm genug, daß uns das Frühstück vermasselt wurde. Hab' keine Lust auch noch die Mittagspause zu opfern."

Sie versuchten, die verlorene Zeit wieder einzuholen und hätten dem Einbrecher vieles verziehen, nur die

Verspätung, die sie ihm zu verdanken hatten, nicht. Sie beschimpften und verfluchten ihn, und am lautesten schimpfte und fluchte Bodo.

In der folgenden Woche traten in einer Metzgerei nahe dem Zoo zwei Veränderungen ein. Hatte Bodo dort sein Frühstück bisher nur ab und zu gekauft, so bezog er es jetzt eine Zeitlang täglich von hier. Und hatte die Metzgersfrau, wenn das Wechselgeld ausging, ihre Verkäuferin zur nächsten Bank geschickt, so blieb dieser Auftrag für eine Weile aus.

„Kleiner haben Sie es nicht?" meinte in der Metzgerei die Verkäuferin scherzhaft, als Bodo eine warme Fleischwurst und ein Brötchen mit einer Handvoll Pfennige bezahlte.

„Nein, kleiner hab' ich's leider nicht", antwortete er, „aber dafür noch eine ganze Menge mehr." Zum Beweis legte er mehrere in Zeitungspapier gewickelte Geldrollen auf den Ladentisch. „Hier, hab' ich extra für Sie gesammelt."

Die Verkäuferin schaute ihn verdutzt an.

Die Metzgersfrau, über ein auf dem Hackklotz liegendes Rippenstück gebeugt, sprang ihr bei.

„Sie sind doch nicht etwa mit dem Klingelbeutel durchgebrannt, junger Mann?" sagte sie.

„Nein, das nicht. Ich dressiere die Elefanten drüben im Zoo", gab Bodo prompt zur Antwort.

„Wirklich?" fragte die Verkäuferin.

„So wahr ich hier stehe", versicherte ihr Bodo.

„Na ja, wir könnten ihre Groschen schon gebrauchen", räumte die Metzgersfrau ein. „Aber wenn's geht, nicht alle auf einmal."

Dem Umtausch des gestohlenen Geldes stand nichts mehr im Wege; nach und nach wechselte es seinen Besitzer.

Bodo bezahlte die fällige Miete und lud seine besten Freunde, darunter auch Judith, zu einer Feier in seine Wohnung ein. Seine Bude stand Kopf. Die Geduld seiner Nachbarn wurde auf eine harte Probe gestellt. Der Lärm ging bis spät in die Nacht. Um zwei Uhr früh verabschiedeten sich die letzten Gäste, mit Ausnahme von Judith. Sie hatte als einzige das Privileg, zu vorgerückter Stunde Bodos Schlangenvorführung beizuwohnen. Die Vorstellung fand ihren lebhaften Beifall, auch wenn der überwältigende Erfolg zum Teil den alkoholischen Getränken zuzuschreiben war, die sowohl der Akteur als auch die Zuschauerin in reichlichem Maße genossen hatten. Trotzdem, dies wie auch die anschließenden Stunden, die Bodo und Judith miteinander verbrachten, waren die Höhepunkte eines rauschenden Festes.

In dieser Nacht tat auch Franz Schlesier kaum ein Auge zu, freilich aus anderen Gründen als Bodo. Eine beiläufige Bemerkung eines Kollegen über seinen Zweitschlüssel für das Affenhaus raubte ihm seit einiger Zeit den Schlaf. Wenn die Bemerkung auch in keinem Zusammenhang mit dem verübten Einbruch stand, Franz Schlesier interpretierte sie so. Seitdem war er von der fixen Idee besessen, man habe ihn als Täter in Verdacht, was dazu führte, daß er an der Aufklärung des Falles ein übertriebenes Interesse zeigte und sich in einer Art Verfolgungswahn vor aller Welt verteidigte, obgleich ihn niemand verdächtigte. Er sei doch nicht so dumm und breche in seinem Revier gewaltsam ein, rechtfertigte er sich ohne zwingenden Grund vor den Kriminalbeamten, als sie ihn ein zweites Mal aufsuchten. Hier wisse schließlich jeder, daß er einen Zweitschlüssel besitze, für Notfälle, und selbstverständlich mit offizieller Erlaubnis.

Die Kriminalbeamten legten Franz Schlesier nichts zur Last. Im Gegenteil, sie waren ihm dankbar, denn er hatte sie mit seiner Äußerung auf eine Idee gebracht. Sie hatten im Grunde nicht mehr als eine dunkle Ahnung und wenig Hoffnung auf Erfolg, aber sie gingen der Sache dennoch nach. Sie suchten die umliegenden Geschäfte, Banken und Gaststätten auf und fragten nach, ob dort jemand in letzter Zeit eine größere Menge Kleingeld gewechselt hatte. Sie liefen sich die Absätze schief, aber nirgends bekamen sie auf ihre Frage die erhoffte Antwort. Sie schienen auf einem toten Gleis zu fahren. Andere Delikte nahmen ihre Zeit in Anspruch. Sie wollten aufgeben. Sie ließen nicht locker. Ihre Hartnäckigkeit wurde belohnt.

„Aber ja, gewiß doch", lautete in der Metzgerei die Antwort der Verkäuferin auf die Frage des Kriminalbeamten. „Und ob ich mich erinnere. Wie könnte ich den netten jungen Mann vergessen."

„Ein guter Kunde von uns", setzte die Metzgersfrau hinzu. „Der Elefantendompteur vom Zoo."

Die beiden Frauen gaben eine genaue Beschreibung des Mannes, und die Kriminalbeamten mußten nicht lange überlegen, auf wen sie paßte.

„Er hat hoffentlich nichts verbrochen?" rief die Verkäuferin den Kriminalbeamten nach, als sie den Laden verließen.

„Nein. Reine Routine."

„Würde mich auch sehr wundern, wenn der junge Mann etwas mit der Polizei zu tun hätte", bemerkte die Metzgersfrau.

Der junge Mann hatte nichts mit der Polizei zu tun, aber er sollte es mit ihr zu tun bekommen, und zwar schneller als ihm lieb war.

Der Arm des Gesetzes griff auf einem Umweg zu. Er lauerte hinter einer Vorladung, die Bodo von der Personalabteilung erhielt. Einmal mehr bestätigte sich, daß von der Verwaltung selten etwas Gutes kam. Es erwarteten ihn der Personalchef, die Kriminalpolizei und ein Verhör.

Bodo wurde nach allen Regeln der Kunst in die Mangel genommen, und es kam nichts Erfreuliches für ihn dabei heraus. Nicht nur dressierte er keine Elefanten, die Münzen, die er in der Metzgerei umgetauscht hatte, hatten auch ohne Zweifel eine Zeitlang im Wasser gelegen, wie die Untersuchung einer sichergestellten Geldrolle bewies. Und dann seine erste Aussage. Hätte ich bloß den Mund gehalten und nichts von meinem Spaziergang erzählt, dachte er. In diesem Punkt hatte er ausnahmsweise die Wahrheit gesagt, für den Fall, daß jemand, der ihn kannte, ihn zu dieser Zeit gesehen hatte. Er war ziemlich unbekümmert gewesen, weil er sich auf die Überlastung der Polizei verlassen hatte. Die werden sich nicht lange mit diesem lächerlichen Diebstahl befassen, hatte er sich gesagt. Aber jetzt wurde er eines Besseren belehrt. Die kümmern sich nicht um Mord und Totschlag, Erpressung, Raub, Bestechung, lieber machen sie mir die Hölle heiß, dachte er. Kein Wunder, daß es so viele unaufgeklärte Verbrechen gibt. Wer mit Steuergeldern den Bau einer Autobahnüberführung finanziert, die nirgendwo hinführt, hat vom Staatsanwalt nichts zu befürchten, während sie mich wie eine Zitrone auspressen. Nun wollen sie von mir auch noch wissen, wo die Kassette geblieben ist. Geht sie doch suchen! Ihr werdet sie bestimmt nicht finden.

Doch da irrte er. Der Fluß, in den er die Kassette versenkt hatte, war nicht der Marianengraben und an der betreffenden Stelle nur zwei Meter tief. Für den Froschmann von der Wasserpolizei war das ein Kinderspiel. Es dauerte nicht lange, da brachte er die Kassette zum Vorschein. Sie war nahezu unversehrt; nur ihr Lack war stumpf geworden und an ihrem Schloß hatte sich ein wenig Rost angesetzt. Hätte sie etwas länger im Fluß gelegen, dann wäre sie vielleicht von den ätzenden Abwässern, die er mit sich führte, bis zur Unkenntlichkeit zerfressen worden. Aber in so kurzer Zeit schaffte das selbst seine schmutzige braune Brühe nicht, die ihre Fähigkeiten bereits unter Beweis gestellt und tüchtig unter den Fischen aufgeräumt hatte. Überdies waren an der Kassette keine Spuren von Gewalt zu entdecken, was den Schluß nahelegte, daß sie mit dem dazugehörigen Schlüssel geöffnet worden war.

Bodo sah seine letzte Hoffnung schwinden. Die Indizien sprachen gegen ihn. Nun half kein Leugnen mehr. Er gestand, sosehr es auch seinen Stolz verletzte. Ja, er habe eine Dummheit begangen, sagte er, und es täte ihm leid.

Aufgrund seines Geständnisses ließ man Milde walten. Eine Anzeige wurde nicht erstattet. Von Gnade jedoch konnte keine Rede sein.

III

Die Direktoren sowie alle anderen, die im Zoo etwas zu sagen hatten oder zumindest davon ausgingen, daß ihr Wort von Gewicht sei, also diejenigen, die mehr oder weniger die Betriebsleitung verkörperten, saßen über Bodo und sein Vergehen zu Gericht. Ein Urteil mußte schließlich gefällt werden. Man mochte ohne ein ordentliches Gerichtsverfahren auskommen, nicht aber auf private Rechtsprechung verzichten.

Es war kein leeres Gerede, mehr als nur geflügelte Worte, wenn die Betriebsleiter, allen voran die akademische Würde zur Schau tragenden Direktoren, in die Nähe von Göttern gerückt wurden. Ihr Doktorgrad, kraft Recht und Gesetz zu ihrem Namen gehörend, von ihnen geführt wie ein Adelstitel, auf daß ein jeder sie als Auserwählte erkenne und Geringere sofort wußten, vor wem sie auf die Knie zu fallen hatten, diese mit gärtnerischer Sorgfalt gepflegte Hoheitsstellung zog zwischen ihnen und ihren Untergebenen einen unüberwindlichen Graben. Da war ohne jede Bedeutung, daß auf beiden Seiten Lohnempfänger standen. Und was hätte diese Situation klarer zum Ausdruck gebracht als ein Vergleich zwischen Göttern und Sterblichen?

Dies geschah nun nicht in der Absicht, die amtierenden Professoren, Doktoren und Diplominhaber anzubeten und ihnen in tiefer Demut zu opfern und zu dienen, nein. Es war ein Funke von Aufbegehren, der in den Ohnmächtigen aufblitzte gegen die Anmaßung, daß sich Sterbliche aufführten, als wären sie Götter. Wer so dachte, bedankte sich nicht für drei Pfennig mehr die

Stunde bei seinen gottähnlichen Vorgesetzten. Er sagte vielmehr: „Für die Götter da oben sind wir bloß die Affen. Sie machen mit uns, was sie wollen. Zum Henker mit ihnen!"

Auch in Bodos Fall wurden die Götter bemüht, und zwar die der Antike, nämlich so:

„Jupiter ist wieder mal auf Achse."

Der Chef beziehungsweise der Alte, wie man ihn auch nannte, weilte zur Zeit im Ausland. Er bereiste öfters ferne Länder. Denn die Menschen waren einem Aberglauben anheimgefallen. Sie betraten die heiligen Haine und schändeten, was da kreuchte und fleuchte. Er aber duldete nicht den Frevel an Flüssen, Wäldern, Meeren, Luft und Tieren. Darum mußte er sich in aller Welt mit den Götzen, denen die Menschen huldigten, herumschlagen. Er hatte Wichtigeres zu tun, als sich mit der Bestrafung eines kleinen Strolches zu befassen.

„Mars führt gegenwärtig das Regiment", hieß es weiter. „Wenn es nach dem geht, wird der Langfinger gefeuert. Jede Wette."

Gemeint war der Vizedirektor, ein rechter Kriegsgott. Denn welch eine Schmach: Ein Proletarier, ein gewöhnlicher Arbeiter, mithin ein Sterblicher, hatte die Götter zum Narren gehalten! Am liebsten hätte er seine Lanze nach dem schändlichen Wicht geschleudert oder ihm fristlos gekündigt, ganz wie man will.

„Aber Neptun wird das nicht zulassen. Die zwei können sich ja nicht riechen."

Der Herrscher über Fische und Reptilien hatte seine eigenen Vorstellungen, und die wichen nur allzu gern von den Ansichten des Mars ab. Zeigte Mars mit dem Daumen nach unten, so wies der seine nach oben.

Neptun gab zu bedenken, daß der Beschuldigte immer willig und fleißig gewesen sei, daß er früher zur Arbeit komme und später nach Hause gehe als vorgeschrieben. O ja, auch er, Neptun, war betrogen. Hatte er nicht einen Teil seiner kostbaren Schlangenbrut einem Unwürdigen anvertraut? Das allein wäre schon ein Grund, das Meerungeheuer zu entfesseln. Es gereichte ihm zur Ehre, wenn er darauf verzichtete.

„Die Halbgötter kann man vergessen. Sie schwanken wie Rohre im Wind."

Von den wissenschaftlichen Assistenten über den Inspektor bis hinunter zum Oberwärter wurde entweder Partei für Mars oder für Neptun ergriffen, teils aus Überzeugung, teils um sich seines Stammplatzes in der Götterwelt zu versichern oder, falls man noch kein Abonnement dafür besaß, sich ihn auf diese Weise zu verschaffen.

„Klar. Wer den Mund aufmacht, kriegt eins auf den Deckel."

Das betraf die Gottlosen, die Fehler eingestanden. Sie mußten zum rechten Glauben bekehrt werden. So nicht, war für sie kein Platz im Himmelreich.

„Es wird schon nichts Gescheites dabei herauskommen."

Der Personalchef, eine Gottheit ersten wie zweiten Grades, rangtiefer als die Direktoren und zugleich formell ihr Vorgesetzter, schlug einen Kompromiß vor. Eine Entlassung nutzte seiner Meinung nach gar nichts. Wie das gestohlene Geld zurückerhalten? Durch Lohnpfändung? Gut. Aber Lohn kann nur bei jemandem gepfändet werden, der Arbeit hat. Wer garantiert, daß der Entlassene woanders Arbeit bekommt oder annimmt? Das leuchtete ein. Im übrigen erhalte der Gestrauchelte, wenn man ihm nicht kündige, die Chance, sich zu bewähren. Das überzeugte. Denn schließlich: Eine unbeglichene Schuld erzeugt unterwürfige Diener.

So jedenfalls ging das Gerücht. Denn mehr als ein Gerücht war es nicht. Dafür unterlagen die Besprechungen der Betriebsleitung einer viel zu großen Geheimhaltung, als daß unliebsame Äußerungen nach außen hätten dringen können. Dennoch war das Netz der Verschwiegenheit nicht so eng geknüpft, daß nicht doch einmal das eine oder andere durch die Maschen geschlüpft wäre. Gerieten solche Informationssplitter dann in die Gerüchteküche – und sie gelangten stets dorthin –, so wurden sie gestreckt wie ein Löffel Erbsensuppe, der einen ausgehungerten Frontsoldaten bei Kräften halten soll. Man verstand, aus dem Wenigen etwas zu machen. Und da die Wahrscheinlichkeit, daß ein Gerücht in seinem Kern ein Stück Wahrheit enthält, um so höher ist, je zahlreicher die Anhaltspunkte sind und je sinnvoller sie miteinander verknüpft werden, hatten kluge Kombinationen Aussicht auf einen Treffer ins Schwarze. Das war hier der Fall. Ohne etwas Genaues zu wissen, kam man der Wahrheit ziemlich nahe. Die Vermutungen stützten sich lediglich auf einen Hinweis aus dunkler Quelle, demzufolge es sich bei dem Täter um einen Mitarbeiter handeln sollte. Der einzige, der außerhalb der Betriebsleitung in den Fall eingeweiht war, war Franz Schlesier. Aber der behielt das, was ihm der Personalchef anvertraut hatte, für sich, und allenfalls sein Schweigen war beredt.

Franz Schlesier wußte freilich nicht alles. So glaubte

er, daß Bodo mit seiner Kündigung und einer Strafanzeige zu rechnen habe, während die Betriebsleitung sich darüber einig war, weder das eine noch das andere zu unternehmen. So weit hatte ihn der Personalchef nicht ins Vertrauen gezogen. Franz Schlesier hätte sich also keine weiteren Gedanken zu machen brauchen, konnte er in letzter Zeit doch wieder ruhig schlafen. Bis vor kurzem hatte er den Dieb noch an den Galgen gewünscht, und von Bodo fühlte er sich auch schmählich hintergangen. Andererseits erinnerte er sich seiner eigenen Dummheiten, die er in seiner Jugend begangen hatte. Die Welt war voller Versuchungen und manche führten vom rechten Weg ab. Wer legte seine Hand dafür ins Feuer, daß er ihnen immer und überall widerstehen konnte? Sollte ein einmaliger Fehltritt einem jungen Menschen die Zukunft verbauen?

Solche Überlegungen waren es, die Franz Schlesier dazu veranlaßten, den Personalchef aufzusuchen, um für Bodo ein gutes Wort einzulegen.

„Wir waren doch alle einmal jung", begann er mit seiner Fürsprache. „Eine fristlose Kündigung und erst recht eine Vorstrafe kann einem das ganze Leben versauen. Und ..."

„Es wundert mich, daß gerade Sie den Täter in Schutz nehmen", fuhr ihm der Personalchef ins Wort. „Ich dachte Sie seien betroffen und erschüttert von seiner Tat wie wir alle."

„Sicher, das bin ich auch. Meine schlaflosen Nächte kamen ja nicht von ungefähr."

„Na bitte."

„Trotzdem meine ich, man sollte mit dem jungen Burschen nicht so hart ins Gericht gehen. Bis auf diese dumme Geschichte hat er sich doch bisher nichts zuschulden kommen lassen."

„Ich bitte Sie!" brauste der Personalchef auf. „Wo kämen wir hin, wenn wir nicht hart durchgriffen! Sie, einer unserer Intelligentesten, sollten das eigentlich wissen."

Obgleich die Würfel in dieser Angelegenheit bereits gefallen waren, erschien es dem Personalchef nicht verkehrt, Franz Schlesier in seinem Irrtum zu bestärken. So konnte er ihm vielleicht auf den Zahn fühlen.

„Im übrigen hat sich Ihr junger Kollege das alles selbst zuzuschreiben", sagte er.

Franz Schlesier war zwar klein von Statur, und wie er so vor dem Schreibtisch kauerte, war seine Erscheinung alles andere als die eines Hünen, aber seine Großherzigkeit und seine Courage besaßen Gardemaß.

„Offen gestanden, den Anfängern wird es oft auch viel zu leicht gemacht", sagte er und schnappte nach dem Köder, den der Personalchef ausgelegt hatte. „Man verspricht ihnen das Blaue vom Himmel und hat ihnen in Wirklichkeit nichts zu bieten, außer vielleicht ein paar Vorschußlorbeeren, die nichts kosten. Sie werden uns alten Hasen einfach vor die Nase gesetzt, weil neue Besen angeblich gut kehren. Aber wenn sie nach ein paar Monaten merken, daß sie nicht weiterkommen, dann ist die Luft aus ihnen raus. Kann man es da einem jungen Kerl verdenken, wenn er auf dumme Gedanken kommt?"

Aha, dachte der Personalchef, daher weht der Wind. Hier wird Kritik geübt. Und lachend sagte er:

„Nun machen Sie aber einmal einen Punkt! Das klingt ja gerade so, als ob am Ende gar wir noch die

Schuldigen sind. Wir, die wir in die junge Generation unser volles Vertrauen setzen."

„Nein, so habe ich das nicht gemeint. Ich wollte nur sagen, daß vieles zusammenkommt. Man sollte jedem eine zweite Chance geben und ihn nicht wie eine heiße Kartoffel fallen lassen."

„Na gut. Da Sie sich für Ihren Kollegen so nachdrücklich einsetzen, werde ich die Sache noch einmal überdenken. Wir sind ja keine Unmenschen. Will sehen, was ich tun kann."

Der Personalchef erhob sich, ging zur Tür und legte seine Hand auf die Türklinke, womit er Franz Schlesier zu verstehen gab, daß er das Gespräch für beendet hielt.

Franz Schlesier verließ das Personalbüro mit einem guten Gewissen, denn er glaubte, ein wenig erreicht zu haben. Auf dem Flur lief er Bodo in die Arme.

„Sieht so aus, als wäre ich nicht der einzige, der heute eine Audienz beim Personalchef hat", sagte Bodo mit einem breiten Grinsen. „Was gibt's denn? Eine Beförderung?"

„Mein Gott, dein sonniges Gemüt möchte ich haben!" erwiderte Franz Schlesier.

In Wahrheit war Bodo flau im Magen, mochte seine geheuchelte Heiterkeit auch darüber hinwegtäuschen.

Der Personalchef erwartete ihn bereits. Bodo nahm auf dem Stuhl vor dem Schreibtisch Platz; der Sitz war noch warm von Franz Schlesier. Das Telephon läutete, und der Personalchef führte ein längeres Gespräch, wodurch Bodo eine Galgenfrist bekam. Er schaute aus dem Fenster hinunter auf die belebte Straße. Eine Straßenbahn bog mit kreischenden Rädern um die Ecke. Durch das Portal des gegenüberliegenden Gymnasiums drängten sich Scharen von Schülern zur Pause auf den Schulhof. An deren Stelle möchte ich sein, dachte Bodo. Ihre einzigen Sorgen sind die Hausaufgaben und die nächste Klassenarbeit, wenn sie überhaupt Sorgen haben. Wahrscheinlich sind sie mit ihren Gedanken schon im Kino, in der Eisdiele, im Schwimmbad ...

„Ich glaube, ich kann mir lange Erklärungen ersparen. Warum ich Sie zu mir gebeten habe, werden Sie wohl wissen."

Bodo zuckte zusammen – die Worte galten ihm. In Gedanken vertieft, hatte er gar nicht bemerkt, daß der Personalchef nicht mehr telephonierte.

„Ich bin maßlos von Ihnen enttäuscht", fuhr der Personalchef fort, „Sie, einer unserer Intelligentesten!"

Dies war eine seiner Lieblingsfloskeln, die er bevorzugt denjenigen gegenüber verwendete, die die Eselsbank vor seinem Schreibtisch drückten. Es war eine Art von Beförderung, die ihn nichts kostete. In den wenigsten Fällen war er von seinem Urteil überzeugt, und über die wahre Intelligenz des jeweiligen Mitarbeiters sagte die Floskel ohnehin nichts aus. Ein derart Beförderter konnte, ohne die Floskel Lügen zu strafen, nur etwas klüger sein als alle übrigen, die dumm waren, so wie unter Blinden ja auch der Einäugige König ist. Oder, da der Personalchef früher oder später jeden Mitarbeiter als einen der intelligentesten bezeichnete, so war jeder nur ein Kluger unter Klugen. Es war also nichts als eine schön klingende Phrase. Dennoch verfehlte sie, von einigen Ausnahmen abgesehen, nicht ihre Wirkung, weil sich die Träger dieser Auszeichnung geschmeichelt fühlten und ehrfürchtig nach den klugen Köpfen schielten, die mit dem wahren schönen Geist auf du und du standen und ein Stockwerk höher auf fetter Weide grasten. Wenn ein mickriges Hälmchen für sie abfiel, schlugen sie vor Freude Purzelbäume. Schnöde Muskelkraft besaß geringen Kurswert, auch wenn man mit ihr seine Brötchen sauer verdiente und dazu noch andrer Leute Tisch deckte. Darüber hinaus hüteten jene Intelligentesten das ihnen verliehene Prädikat wie ein Geheimnis, um es vor den Nachstellungen des Neides zu bewahren, so daß jeder glaubte, er sei in dessen alleinigem Besitz. Man war an der Nase herumgeführt und um nichts klüger.

Der Personalchef las Bodo eine Messe, denn er hatte die lautere Absicht, dessen Moral, die stumpf geworden war, ein wenig aufzupolieren. Nach folgendem Muster: Nicht nur gestohlen hast du, sondern auch die Arglosen und Wohlmeinenden hinters Licht geführt, sie enttäuscht, maßlos, du, der du doch einer der Intelligentesten unter deinesgleichen bist.

Das ging so eine geschlagene Stunde lang. Dann, am Schluß seiner Predigt, kam der Personalchef endlich zur Sache. Mit feierlicher Stimme verkündete er Bodo, dessen Geduld auf die Folter gespannt war, den Beschluß der Betriebsleitung.

Bodos Überraschung war groß, als er hörte, daß man nicht die Absicht hatte, ihn im hohen Bogen aus dem Betrieb zu werfen. Mit der Einschränkung allerdings, sich andere Schritte vorzubehalten. Zuallererst sei natürlich das gestohlene Geld auf Heller und Pfennig zurückzuerstatten. Zu diesem Zweck war eine Lohnpfändung vorgesehen. Ferner war man der Ansicht, daß die Belegschaft ein Recht darauf habe, den Namen des Täters zu erfahren. Im allgemeinen wurde auf die Rechte der Belegschaft wenig Rücksicht genommen, dafür aber um so mehr auf ihre Pflichten gepocht. Dies war eine der wenigen Ausnahmen. Schließlich legte der Personalchef Bodo ein Schreiben zur Unterschrift vor, in dem er sich öffentlich zu seiner Tat bekannte. Er unterschrieb es. Bei so viel Großzügigkeit war das auch nicht anders zu erwarten.

Zum Glück schreitet die Zivilisation rasch voran. In weniger als einem halben Jahrtausend ist es ihr gelungen, den Pranger durch ein sogenanntes Schwarzes Brett zu ersetzen. Die Zeiten, in denen eine aufgebrachte, rachsüchtige, gedankenlose Menschenmenge einen Missetäter bespuckte, ihre Notdurft vor ihm verrichtete, faule Eier und anderen Unrat nach ihm warf, gehören der Vergangenheit an. Heutzutage wird niemand mehr an den Schandpfahl gebunden. Und wo doch, da hat die Zivilisation mit ihren Segnungen noch keinen Einzug gehalten. In unseren Tagen genügt ein schlichtes Schwarzes Brett, um die Öffentlichkeit, etwa die Belegschaft eines Betriebes, mit einem Übeltäter bekannt zu machen.

Ein solches Brett hing im Flur vor den Wasch- und Umkleideräumen der Tierpfleger. Anschläge aller Art waren an ihm angebracht: Verordnungen, Vorschriften, Erlasse, Hinweise; auch dienstliche Mitteilungen, zum Beispiel wer demnächst in Rente ging oder wer nicht, weil es sich der Kandidat kurzfristig anders überlegt hatte und, statt in den verdienten Ruhestand zu treten, den Regenwürmern unter der Erde Gesellschaft leistete; auch praktische Tips, wie etwa eine Bedienungsanleitung für moderne Wasserspülklosetts.

Inmitten dieser zahllosen Blätter und Zettel prangte eine brandneue Bekanntmachung, die die Neugier der Tierpfleger so sehr erregte, daß es am Feierabend zu einer Massenversammlung vor dem Schwarzen Brett kam, wie sie nicht einmal die Titelseite eines Herrenmagazins hätte zuwege bringen können.

Aller Augen waren auf das besagte Papier gerichtet, aber die Hintersten konnten nichts sehen und waren angewiesen auf einen aus der vordersten Reihe, der den Text vorlas.

„'Liebe Kollegen, ich bin ein Dieb!'"

„Wer? Du?"

Gelächter.

„Quatsch. Steht hier."

„Weiter!"

„Ja, lies weiter!"

„'Ich war es, der die achthundertzwölf Mark siebzig aus dem Affenhaus gestohlen hat.'"

„Was?" – „Wer?"

„Seid doch mal ruhig!"

„'Ich bin mir der Ruchlosigkeit meiner Tat bewußt ...'"

„Hört, hört."

„Ruhe!"

„'... und will künftig durch untadeliges Benehmen meinen Fehler wiedergutmachen. Das gelobe ich.' – Mann, das ist der Hammer! Was glaubt ihr, von wem der Wisch ist? Haltet euch fest – von Bodo!"

Verwirrung.

„Wie?" – „Das gibt's doch nicht!" – „Noch mal!"

„Menschenskinder, seid ihr taub oder schwer von Begriff? Bodo war's!"

Vergewisserung.

„Starkes Stück!" – „Das haut einen vom Hocker."

„Hab' ich mir gleich gedacht." – „War mir von Anfang an klar."

Fast jeder, der die Neuigkeit erfuhr, wollte es schon immer gewußt haben: Bodo, und niemand anders, war der gesuchte Dieb. Nicht wenige gaben sich sogar dafür her, den still gehegten Wunsch der Betriebsleitung zu erfüllen und sich zu Erziehungsberechtigten, Oberlehrern, Unteroffizieren, Sozialarbeitern aufzuschwingen. Es bedurfte keines offiziellen Auftrags. Man rottete sich auch so gleich Wölfen zusammen und bildete einen knurrenden und zähnefletschenden Kreis. Man war bereit, sich auf das Opfer zu stürzen und es in Stücke zu reißen, wenn es käme, um sich zu waschen und seine Kleider zu wechseln.

Sonst war es wie an jedem Abend. Man machte Witze, suchte sein Handtuch, ließ die Ereignisse des Tages Revue passieren, leierte das Fernsehprogramm herunter, war durstig. Kam aber an diesem Abend jemand zur Tür herein, erstarrten abrupt die Bewegungen vor den Spinden, verstummten die Gespräche. An den Waschbecken und unter den Duschen reckten sich die Hälse, und noch nie wurde der Seifenschaum in Augen und Ohren so lästig empfunden. Dann, wenn ein anderer als der mit Ungeduld Erwartete eintrat, wanderten die Schaumköpfe wieder in Richtung Wasser, schlüpften Knöpfe in Knopflöcher, zogen Hosen die Beine aufwärts. Man redete über Frauen, verfluchte den morgigen Tag, fand sein Handtuch, löschte seinen Durst.

Die Spannung war auf dem Höhepunkt, als Franz Schlesier sagte:

„Laßt euch nicht ins Bockshorn jagen."

Hätte Bodo zu diesem Zeitpunkt den Raum betreten, es wäre ihm schlecht ergangen. Aber er kam nicht, und Franz Schlesier fuhr fort:

„Glaubt ihr wirklich, daß Bodo diesen Mist verzapft hat? Ich nicht. Das ist eher der Stil der Personalabteilung."

Es lag ihm auf der Zunge, das Telephongespräch zu erwähnen, daß der Personalchef heute morgen mit ihm geführt hatte, aber er zwang sich, kein Wort darüber zu verlieren. In diesem Gespräch war es noch einmal um Bodos Zukunft sowie um den Standpunkt der Betriebsleitung in dieser Frage gegangen. Deren Entscheidung war nicht in seinem Sinne, und das hatte er dem Personalchef, der nicht müde geworden war, ihn wegen seiner Bemühungen zu loben, auch zu verstehen gegeben. Darum sagte er auch jetzt:

„Ich halte nichts von dem, was hier gespielt wird. Da hätten sie Bodo besser gleich vor die Tür gesetzt, da wäre ihm das hier erspart geblieben."

Von dieser Seite hatte man die Angelegenheit noch nicht betrachtet. Die Meute, die zum Angriff bereit war, verlor die Orientierung. Auch dem letzten ging plötzlich ein Licht auf. Es war nicht das erste Mal, daß jemand einen Ehrenplatz am Schwarzen Brett erhielt. Jeder konnte zu dieser zweifelhaften Ehre kommen. Ein geringer Anlaß genügte. Etwa wenn man eine Flasche Bier über den Durst trank und sich dabei erwischen ließ. Dann war man für alle Zeiten als Trunkenbold gebrandmarkt. Mehr noch: Wer derart sündigte, den hatte der Betrieb in der Hand. Er mußte künftig zu allem Ja und Amen sagen, ob es ihm paßte oder nicht.

Franz Schlesier hatte ganz recht, man durfte sich nicht für dumm verkaufen lassen. Eine gerechte Strafe war eine Sache, eine tiefe Demütigung eine andere.

Diese Erkenntnis änderte die Situation schlagartig. Die Gemüter hatten sich ja nicht so sehr an der Tatsache erhitzt, daß Bodo ein Gauner war, sondern vielmehr an der Art und Weise der Bekanntgabe. Das hatte nach Anbiederung und Heuchelei geklungen. Jetzt, wo man die Dinge in einem anderen Licht sah, war dem Groll der Boden entzogen.

Nun ist aber ein in Wallung geratenes Gemüt von Natur aus stur und kümmert sich herzlich wenig um Einsichten, die der Verstand nach Ladenschluß liefert. Darum legte sich die Aufregung auch nicht so ohne weiteres, sondern beharrte, wo sie nun schon einmal da war, auf ihrer Daseinsberechtigung. Da kamen ihr jene, die die Sache angezettelt hatten, die lokalen Gottheiten nämlich, gerade recht, und der Zorn entlud sich auf sie.

Wenig später betrat Bodo den Umkleideraum. Daß er erst jetzt kam, hatte seine Gründe. Er hatte noch einige Glasscheiben im Affenhaus geputzt, obgleich sie nicht schmutzig gewesen waren, abgesehen von ein paar verstreuten Kalkflecken und einer Handvoll schwacher Fingerabdrücke, die den massiven Einsatz von Putzmittel, lauwarmem Wasser und einem ganzen Arsenal von Utensilien nicht rechtfertigten. Die Scheiben waren auch gar nicht der eigentliche Grund, warum er so lange auf sich hatte warten lassen; sie waren nur ein Vorwand gewesen. In Wahrheit war es seine Angst vor einem Strafgericht – eine Angst, die er sich nur ungern eingestand. Andererseits war ihm klar, daß er seinen Kollegen nicht ewig aus dem Weg gehen konnte, und so trat er, wenn auch mit einiger Verzögerung, vor seine Richter.

Das große Donnerwetter, das er befürchtet hatte, blieb jedoch aus. Dank der heftigen Verwünschungen und deftigen Flüche, die an die Adresse der Vorgesetzten gerichtet worden waren, war die dicke Luft verflogen. Dieselben Männer, die eben noch auf Vergeltung aus gewesen waren, klagten ihn nicht an, stellten ihm keine unangenehmen Fragen, verurteilten ihn nicht. Sie machten nicht einmal eine Anspielung auf sein Vergehen.

Bodo sah keine Veranlassung, von sich aus das Thema anzuschneiden. Das Risiko, ein ausgehungertes Löwenrudel aufzuschrecken, war ihm viel zu groß. In diesem Fall war Reden verrostetes Eisen, Schweigen hingegen mit Brillanten verziertes Platin.

Auch in den kommenden Wochen und Monaten hüllten sich beide Seiten in Schweigen. Alle taten so, als wäre nichts geschehen, bis auf ein, zwei Lehrlinge, in deren Achtung Bodo gesunken war und die dies dadurch zum Ausdruck brachten, daß sie seine Anweisungen nicht in gewohnter Weise befolgten. Aber selbst sie zollten ihm bald wieder Respekt, nicht zuletzt wegen eines spektakulären Ereignisses – einem Wettkampf im Liegestütz.

Der Rekord stand bei fünfzig. Franz Schlesier hatte ihn aufgestellt, und die Konkurrenz bemühte sich seit langem, ihn zu brechen. Als Austragungsort diente der Waschraum. Für die Akteure, die in Unterhosen antraten, kam erschwerend hinzu, daß sie Kaltwasserduschen über sich ergehen lassen mußten. Sie wurden ihnen von den Zuschauern aus Bechern und hohlen Handflächen verabreicht, unter spöttischen Zwischenrufen und johlendem Gelächter. Drahtige Leichtgewichtler und muskelbepackte Schwerathleten kämpften um den Titel. Aber weder diese noch jene reichten an die Rekordmarke heran. Was den einen an Kraft fehlte, hatten die anderen an Gewicht zuviel. Spätestens nach fünfundvierzig Liegestützen waren sie ausgepumpt und sahen sich außerstande, ihren Körper ein weiteres Mal empor zu stemmen.

Als letzter versuchte Bodo sein Glück. Die Wetten standen eins zu zehn gegen ihn.

Bodo hatte nicht die Absicht, sich durch kaltes Leitungswasser und grobe Späße irritieren zu lassen. Er hatte gesehen, wie seine Vorgänger aufgrund dieser Störungen aus dem Rhythmus gekommen waren, weil sie unwillkürlich zusammenzuckten oder im ungeeignetsten Moment lachen mußten. Er wollte gleich zu Anfang für eine Überraschung sorgen, die bei den Zuschauern einen so nachhaltigen Eindruck hinterlassen würde, daß er für den Rest des Programms vor ihnen seine Ruhe hätte. Nachdem er auf dem Fußboden in Bauchlage die Ausgangsstellung eingenommen hatte, spreizte er die Beine und verlegte sein Gewicht auf den rechten Arm, während er den linken an seine Seite legte wie ein Soldat, der strammsteht, und wuchtete seinen Körper – nur mit einem Arm – nach oben. Auf diese Weise kam ein blitzsauberer, einarmiger Liegestütz zustande. Der Lärm um ihn herum verstummte. Nun machte er sich, beide Arme benutzend, an die eigentliche Aufgabe. Beifall und ermunternde Zurufe wurden laut. Mühelos schaffte er die ersten zwanzig Liegestütze, bewältigte ohne größere Anstrengung die nächsten zehn, wurde nach der vierzigsten etwas langsamer, kämpfte sich ab Nummer fünfundvierzig weiter. Alle feuerten ihn jetzt an:

„Sechsundvierzig, siebenundvierzig, achtundvierzig, neunundvierzig ... fünfzig ... einundfünfzig!" – Ein neuer Rekord!

Bodo richtete sich mit hochrotem Kopf auf, atmete tief durch, strich sich die Haare aus der Stirn und sagte:

„Da seid ihr platt, was?"

Die Kunde von seiner großartigen Leistung verbreitete sich wie ein Lauffeuer im Zoo. Überall erntete er Lob und Anerkennung.

Der einzige, auf den das ganze Spektakel keinen Eindruck machte, war Achmed, der Marokkaner. Seit er wußte, daß Bodo ein Strolch war, sprach er kein Wort mehr mit ihm, es sei denn, er hatte ihm etwas Dienstliches mitzuteilen. Auch ein Betriebsrekord im Liegestütz änderte nichts an seiner Einstellung: Spitzbube blieb Spitzbube. Einem Dieb eine Hand fein säuberlich vom Arm zu säbeln, das mußte nicht unbedingt sein. Aber darum brauchte man nicht gleich mit einem Halunken freundschaftlichen Umgang zu pflegen. Daß Bodo straffrei ausging, lief seinem Rechtsgefühl zuwider. Jemanden für eine Untat nicht zu bestrafen, hieß Recht und Gesetz mit Füßen treten.

Aber Achmed irrte sich. Bodo entging seiner Strafe nicht. Es gibt Strafen, die stehen nicht im Strafgesetzbuch, und doch treffen sie einen ebenso hart wie eine Geldbuße oder eine Gefängnisstrafe, wenn nicht härter.

Bodo wurde in Zukunft zu jeder Dreckarbeit herangezogen. Er mußte bei brütender Hitze den Staub von Heizungsrohren wischen und verstopfte Abflüsse reinigen, die vor Schmutz starrten und zum Teil nur durch enge Schächte zu erreichen waren, an deren feuchten, schmierigen Wänden fingerlange Kakerlaken krabbelten. Zeitweise waren das die einzigen Tiere, mit denen er in Kontakt kam. Mit den Gorillakindern spielten jetzt andere, und die Robben zeigten ihre Kunststückchen ohne ihn. Manchmal, wenn Not am Mann war, sprang er für einen Erkrankten ein. Er war herabgesunken zum Lükkenbüßer.

Hinzu kam, daß er für seine Plackerei nur den Mindestlohn bekam. Die rosigen Zeiten, in denen er Lohnzulagen erhalten hatte, waren vorbei. Sein Lebensstil hatte sich indessen nicht geändert. Nach wie vor überstiegen seine Ausgaben die Einnahmen.

Um dieses Defizit auszugleichen, machte er Schulden, und diese Schulden tilgte er, indem er wiederum Schulden machte. Das Geld, das er sich borgte, wanderte von einer Hand in die andere, stellte alte Gläubiger zufrieden und bürdete ihm dafür neue auf.

Er arbeitete mit den Mitteln einer unseriösen Bank. Wie diese vergriff er sich an fremdem Eigentum. Wenngleich man einräumen muß, daß die Inhaber eines betrügerischen Finanzunternehmens höhere moralische Ziele verfolgen, weil sie mit dem Geld ihrer Kunden einzig deren Wohl im Sinn haben. Nur darum haben sie ja die Bank gegründet. Den Sparern wird eine hohe Rendite in Aussicht gestellt. Die Bank spekuliert an der Börse, und bleibt auf ihren Aktienpaketen sitzen; sie handelt mit Devisen, und verliert dabei; sie investiert in Immobilien, und macht ein Verlustgeschäft. Aber eine hohe Rendite, so etwas spricht sich herum, und die Zahl derer, die bei ihr ein Konto eröffnen, steigt. Schnell reich werden, ohne einen Finger krumm zu machen, wer will das nicht? Mit dem Zuwachs der Spareinlagen deckt die Bank ihre Verluste und frisiert ihre Bilanz. So könnte es gehen bis zum Jüngsten Tag, tut es aber nicht, denn früher oder später versiegt der Zustrom an Kunden. Die Bank gerät unweigerlich in die roten Zahlen, und ihre Kunden warten vergeblich auf die fälligen Zinsen. Das Geschäft fliegt auf, noch ehe die Posaunen des Jüngsten Gerichts blasen, und die himmlischen Richter brauchen sich nicht um diese Angelegenheit zu kümmern, sondern können sich in Ruhe mit jenen Sündern befassen, die zu ihren Lebzeiten keine Abgaben an die göttliche Zweigstelle auf Erden entrichtet haben. Wenn die Bank schließlich vor dem Konkurs steht, wird es für die Inhaber höchste Zeit, ihr Privatvermögen auf einem sicheren Nummernkonto in der Schweiz zu deponieren, falls dies nicht schon geschehen ist. Eine Lawine kommt in Gang. Je weniger die Bank in der Lage ist, ihren Verpflichtungen nachzukommen, desto mehr Kunden lösen ihr Konto bei ihr auf. Wer unter den ersten ist, die ihr Guthaben zurückfordern, erhält mit etwas Glück ein Teil seines Geldes wieder. Der Rest geht leer aus. Die Geschädigten können sich allerdings damit trösten, daß die Gauner hinter Schloß und Riegel kommen, wenigstens so lange, bis sie Kaution stellen, auf freien Fuß gesetzt werden und ihre Tage auf den Bahamas, in Saint-Tropez oder Acapulco verbringen und die Nächte in Casinos und Bars.

Ein Leben in Saus und Braus lag jenseits von Bodos Möglichkeiten. Er betrieb das Geschäft im kleinen, und es warf gerade so viel ab, daß er über die Runden kam.

Seine finanzielle Notlage hatte jedoch auch ihr Gutes, denn es zeigte sich, daß seine Freundinnen, so gern sie sich auch von ihm aushalten ließen, nicht auf sein Geld aus waren. Es ist das Los der Männer mit dicken Brieftaschen, ganz gleich wie sie zu ihrem Reichtum gelangten, ob sie gut aussehen oder häßlich sind, jung oder alt, etwas taugen oder nicht, sie sind von Frauen umgeben, die ihnen schöne Augen machen, deren schmachtende Blicke im Grunde aber dem Bankkonto gelten, und nicht dem Mann, der es unterhält.

Anita und Judith erwiesen sich als echte Freunde. Was auch immer geschehen war, sie standen Bodo zur Seite und boten ihm ihre Unterstützung an. Anita wollte die nächste Miete für seine Wohnung bezahlen, Judith ihm einen unbefristeten Kredit in Höhe ihres halben Monatslohnes gewähren.

Bodos Gewissen wurde auf eine harte Probe gestellt. Durfte er Anitas und Judiths Hilfe gleichzeitig in Anspruch nehmen, wo beide nichts voneinander wußten und jede dachte, sie wäre für ihn die einzige? Nein, das durfte er nicht! Er widerstand der Versuchung, vorerst jedenfalls. Doch als das spillrige Fädchen, an dem die Geduld seiner Gläubiger hin und her schwang wie eine Kirchenglocke an Ostern, seinen Kampf gegen die Fliehkraft aufgab und riß, wurde er schwach und nahm Anitas und Judiths Angebot an. Sein Gewissen beruhigte er mit dem Versprechen, die guten Taten reichlich zu vergelten.

Kaum hatte er mit Anitas Hilfe seine Miete bezahlt, rief er abends bei Judith an und fragte:

„Was treibst du im Augenblick?"

Sie antwortete: „Ich wollte gerade den Topf auf den Herd stellen."

Darauf er: „Strickstrumpf, ich habe eine bessere Idee.

Zieh deine Schürze aus und wirf dich in Schale. Wir zwei gehen heute abend aus. Einverstanden?"

Und ob Judith einverstanden war. Nach einem langen, arbeitsreichen Tag verspürte sie wenig Lust, ihre Zeit in der Küche zu vertrödeln. Bodo und Judith gingen, entgegen ihrer Gewohnheit, in ein piekfeines Restaurant, bestellten ein aus fünf Gängen bestehendes Menü, dinierten fürstlich, prüften die Getränkekarte auf ihre Glaubwürdigkeit und fuhren nach Aufhebung der Tafel mit einem Taxi nach Hause. Von den Kosten, die Bodo an diesem Abend entstanden, hätte er sich das Recht erkaufen können, gut und gerne einen Monat lang in seinen vier Wänden zu wohnen.

Auch für Anita hatte sich Bodo eine Überraschung ausgedacht, eine besondere, denn schließlich war sie ja seine Verlobte. An ihrem Geburtstag schenkte er ihr nicht wie üblich Blumen, Parfüm oder Pralinen, sondern legte ihr ein goldenes Kettchen, an dem ein kleiner Talisman hing, um den Hals. Anita hatte nicht die Kraft, das teure Geschenk abzulehnen. Ihr gefiel das Kettchen mit dem Anhänger, und gewiß hätte sie Bodo gekränkt, wenn sie es nicht angenommen hätte. Obwohl es ihn mindestens einen Wochenlohn gekostet haben mußte. Tatsächlich hatte es ihn zwei Wochenlöhne gekostet, oder anders ausgedrückt: fast genau die Summe, die ihm Judith geliehen hatte. Aber auf eine Mark mehr oder zwei Arbeitstage weniger kam es ja nicht an.

Doch mit Freigebigkeit sind keine Schulden zu tilgen. Das mußte auch Bodo einsehen. Die Mahnungen, die er erhielt, häuften sich. Wohin er sich auch wandte, sie folgten ihm wie ein düsterer Schatten. Überall hieß es: „Rück den Zaster raus, den ich dir gepumpt habe,

Freundchen, oder muß ich dir erst Feuer unterm Hintern machen?!"

Übermäßig hoch waren seine Schulden nicht. Obgleich er nicht zu denjenigen gehörte, die es sich erlauben können, eine solche Summe an einem Abend zu verprassen, hätte er seine Gläubiger in Kürze zufriedenstellen können, ohne gleich am Hungertuch nagen zu müssen. Aber er hatte Talent, sich Unannehmlichkeiten zu bereiten. Er sah keinen anderen Ausweg, als sich erneut Geld zu borgen, und das in einer Höhe, die es ihm ermöglichen sollte, sich die aufdringlichsten Gläubiger vom Halse zu schaffen. Die einzige Schwierigkeit hierbei war, jemanden zu finden, der ihm noch Kredit gewährte. Die Quellen waren so ziemlich erschöpft, und wenn es überhaupt noch jemanden gab, den er anpumpen konnte, so war es Willi Bebel, ein Kollege und guter Kamerad.

In früheren Jahren war Willi Bebel Gießer und Modellschreiner in einer Fabrik gewesen. Damals hatte er nicht auf die Mark gesehen und hätte die Bitte, die Bodo während einer Mittagspause an ihn richtete, leichter erfüllen können. Seit er jedoch seine Liebhaberei, Tiere zu hegen und zu pflegen, zu seinem Beruf gemacht hatte, drehte er jeden Pfennig zweimal um. Er war aber nicht nur ein begeisterter Tierfreund, der seiner Leidenschaft zuliebe finanzielle Einbußen hinnahm. Er war auch der Ehemann einer Frau und der Vater von drei Kindern.

Willi Bebel und Bodo hatten sich in einen leerstehenden Kamelstall begeben, um miteinander zu verhandeln. Sie hätten keinen geeigneteren Ort finden können. Der Stall bot gut zwanzig Personen Platz. Als

Sitzgelegenheit war ausreichend Stroh vorhanden. Auch an einem Zeugen – einem Kamel, das sich hinzugesellt hatte – fehlte es nicht. Das Kamel hatte seinen Kopf durch den oberen, offenen Flügel der zweigeteilten Stalltür gestreckt und verfolgte mit seinen großen, von langen Wimpern umrahmten Augen aufmerksam das Geschehen. Umsonst stand es sich dort freilich nicht die Beine in den Bauch. Das hätte es ebensogut woanders tun können. Für seine Teilnahme an der Verhandlung erwartete es einen Leckerbissen – ein Stück Brot oder gar einen Zuckerwürfel. Dafür konnte es schon einmal vor der Tür stehen und warten; für die Unterredung selbst interessierte es sich weniger. Und was dem einen Kamel recht war, war den anderen billig. Deshalb standen bald drei Kamele vor der Stalltür, ein jedes darum bemüht, als erstes an die feinen Häppchen zu kommen, die sich für gewöhnlich in Hosen- und Jakkentaschen verbargen. Den Kamelsitten entsprechend, hatte das größte Kamel den Vortritt, während das kleinste das Nachsehen hatte. Als die drei Kamele sahen, wie einer der im Stroh hockenden Männer in die Brusttasche seines Hemdes griff, fingen sie in ihrer Vorfreude schon an zu kauen. Ihre voreiligen Kinnladen erzeugten dabei ein Geräusch wie ein Griffel, der auf einer Schiefertafel kratzt. Vor Erregung trat ihnen schaumiger Speichel vor das Maul. Aber zu ihrer Enttäuschung steckte sich der Mann das weiße Stäbchen, das er aus seiner Brusttasche hervorgeholt hatte, selbst in den Mund. Willi Bebel war es, der sich eine Zigarette anzündete und Bodo fragte:

„Wieviel brauchst du?"

„Tausend."

„Heiliger Strohsack, eintausend Mark! Ist ein Haufen Holz. Was zum Kuckuck hast du damit vor? Willst du im Spielcasino die Bank sprengen oder an der Börse spekulieren?"

„Nichts dergleichen. Ich stehe bei Hinz und Kunz in der Kreide. Darum. Sogar bei meinen Eltern bin ich im Soll. Alles wegen dieser blöden Lohnpfändung, kennst ja die Geschichte. Macht mir ganz schön zu schaffen. Alle Nase lang rückt einer an und fragt nach seinen Moneten. Meine Taschen aber sind leer, so leer wie die Bierfässer nach einem Betriebsfest. Es ist, als ob du in deiner Brust ständig ein Kribbeln spürst. Du möchtest husten, doch du kannst nicht, weil du keinen Hals hast."

„Scheinst ganz schön in der Tinte zu sitzen."

„Und ob. Dabei reicht der Tausender noch nicht einmal. Mit dem kann ich gerade meine hartnäckigsten Kunden zufriedenstellen."

„Daß du so knapp bei Kasse bist, begreife ich nicht. Du verdienst doch fast soviel wie ich und hast keine Familie zu ernähren. Ich an deiner Stelle hätte längst reinen Tisch gemacht, da kannst du Gift drauf nehmen. Ist doch ein Klacks, Mensch. Mußt halt eine Weile auf Sparflamme kochen und vor allem um die Kneipen einen großen Bogen machen."

„Das ist ja alles schön und gut, aber ich bin nun mal kein Kind von Traurigkeit. Bei mir müssen die Puppen tanzen. Für was rackere ich mich sonst tagaus, tagein ab? Damit ich jeden Abend treu und brav nach Hause zottele und bis zum Schlafengehen in die Flimmerkiste glotze? Natürlich immer schön früh in die Koje. Die lumpigen Piepen am besten vom Mund abgezwackt, und dann von ranziger Margarine Magenkrämpfe kriegen und an trocknem Zwieback ersticken. Nee, mein Lieber, das ist nichts für mich. Ich muß mir ab und zu einen hinter die Binde gießen."

„Du mußt ja nicht gleich der Heilsarmee beitreten."

Bodo zupfte aus dem Strohballen, auf dem er saß, einen Halm heraus und steckte ihn sich in den Mundwinkel.

„Der Saftladen hier geht mir sowieso langsam auf den Wecker", schimpfte er. „Die Fatzken da oben denken wohl, sie hätten den Thron in Erbpacht. Diese Peitschenknaller, wenn die glauben, daß ich vor ihnen Bücklinge mache, dann sind sie schiefgewickelt. Für wen halten die sich eigentlich? Wahrscheinlich für so 'ne Art Götter. Ha, daß ich nicht lache! Eine aufgeblasene Bande, lahme Bürohengste – das sind sie und weiter nichts. Sollen bloß nicht denken, daß ich für sie noch länger den Hampelmann spiele. Habe ich doch gar nicht nötig, kann jederzeit mein Bündel packen und abdampfen. Ich suche mir einen anderen Zirkus, und die suchen sich einen anderen Clown. So einfach ist das."

„Junge, bleib auf dem Teppich! Woanders warten sie gerade auf dich. Bei deinen Empfehlungen. Denk bloß nicht, daß man dich mit offenen Armen empfängt und zu dir sagt: So jemanden wie Sie haben wir schon lange gesucht. Können gleich bei uns anfangen. Was den Lohn betrifft, an was haben Sie denn gedacht? Nur keine Hemmungen!"

„Red keinen Quark. Es reicht, wenn Anita und Judith mir mit dieser Leier in den Ohren liegen. Sei ehrlich, das ist doch auf die Dauer kein Leben. – Da haben die es besser."

Bodo schleuderte lässig den Arm in Richtung der drei

Kamele, die noch immer vor dem Stall ausharrten und darauf warteten, daß ihre eintönige Kost aus Gras, Heu und Kleie um eine Gaumenfreude bereichert werden würde. Angesichts der jähen Armbewegung erschraken sie und wichen zurück, weil sie befürchteten, daß sie, wie schon so oft, mit einem Stein, einem Besen, einer Bürste, einer Schippe oder sonst einem fliegenden Gegenstand auf unsanfte Weise in Berührung kämen. Sobald sie aber merkten, daß dies nicht der Fall war, streckten sie wieder ihre Köpfe durch die Tür, damit sie die ersehnte Sonderzuteilung in Empfang nehmen konnten, wenn es soweit war.

„Ein Zookamel müßte man sein", fuhr Bodo fort. „Brauchst dich um nichts zu kümmern. Unterkunft und Verpflegung umsonst. Machst, was dir gefällt. Das reinste Schlaraffenland. Man kann direkt neidisch werden. Guck sie dir nur an: dick und fett. Sie könnten glatt ohne Nahrung und ohne einen Tropfen Wasser die Sahara durchqueren und wären am Ziel dennoch munter und fidel, während unsereins auf den Brustwarzen ankäme, selbst mit einer Lebensmittelabteilung und einem Schwimmbecken im Gepäck. Wir füttern sie ja auch immer schön, heilen ihre Wehwehchen, fegen ihren Dreck weg. Fehlt nur noch, daß wir sie in den Schlaf singen."

„Kamel hin, Kamel her. Wie willst du deine Lage ändern?"

Bodo dachte einen Augenblick nach. Der Strohhalm wanderte von einem Mundwinkel in den anderen.

„Weiß ich auch nicht", sagte er schließlich. „Jedenfalls habe ich keine Lust, bis an mein Lebensende so weiterzumachen. Eh' du dich's versiehst, bist du unter der Erde und kannst dir die Radieschen von unten betrachten. Ich will etwas vom Leben haben, verstehst du. Sechs Richtige im Lotto, das wäre was! Stell dir vor, du läßt deine Füße in der Südsee baumeln. Südsee. Einsame Atolle. Sich im Wind wiegende Palmen. Weißer Sandstrand. Türkisblaues Meer. Verwunschene Lagunen. Eine lachende Sonne. Genau das Richtige für deine müden Knochen. An deiner Seite eine dunkelhäutige Schönheit. Schlank, wohlgeformt, hinten wie vorn. Schmale Hände, zierliche Füße, Haut wie Samt und Seide. Volle Lippen, ein sinnlicher Mund. Die Augen eine einzige Offenbarung. Du klingelst mit den Eiswürfeln in deinem Glas, und der Boy kommt und holt dir einen neuen Drink. Liegst bequem im Liegestuhl und träumst von deiner Liebsten und der süßen lauen Tropennacht. Mann, das ist es!"

„Jetzt hebt er ab! Und kein Lasso zur Hand!" rief Willi Bebel und hieb sich vergnügt auf den Oberschenkel. „Der Herr will mit den großen Hunden pinkeln gehen, obwohl er nicht imstande ist, das Bein zu heben."

Willi Bebel drückte seine heruntergebrannte Zigarette an der Stallwand aus, schnippte den Zigarettenstummel fort, stand auf, ging in eine Ecke des Stalles, wo Ballen von Heu aufgestapelt waren, und zerrte einen Ballen von dem Stapel herunter. Dann trug er den Heuballen zur Tür, öffnete diese und trat hinaus zu den Kamelen, die ihm respektvoll Platz machten. Mit seinem Taschenmesser durchschnitt er die Schnüre, die den Heuballen zusammenhielten, schüttelte das gepreßte Heu auf und warf es in eine Raufe, die an der Außenwand des Stalles befestigt war.

Die Kamele, die ihre Erwartung endlich in Erfüllung

gehen sahen, stürzten sich auf das Heu, als hätten sie wochenlang gefastet. Aber nachdem sie mit ihren Lippen kleine Büschel abgerupft, sie zerkaut und hinuntergeschluckt hatten, fanden sie, daß an dem Heu nichts Besonderes war und es so fade schmeckte wie eh und je, gar nicht zu vergleichen mit saftigen Äpfeln, knusprigem Brot oder süßem Kuchen. Um ganz sicher zu gehen, daß ihre Feststellung richtig war und die Raufe auch wirklich nur gewöhnliches Heu enthielt, rupften sie Büschel um Büschel heraus, ließen sie achtlos fallen, wenn sich ihre Meinung bestätigte, und ruhten nicht eher, als bis auch das letzte dürre Hälmchen auf dem Boden lag, wo sie mit ihren breiten Fußsohlen darauf herumtraten, als wollten sie Sauerkraut einstampfen.

Eine Herde schwarzweißer Ziegen, die bei den Kamelen zur Untermiete wohnte, unterbrach ihre Lieblingsbeschäftigung, die darin bestand, braune Bohnen aus ihrem Hinterteil kullern zu lassen, und trottete herbei, um sich selbst davon zu überzeugen, ob das Heu tatsächlich so ungenießbar war, wie die Hausherren vorgaben. Die Kamele aber waren nicht in der Stimmung, Kritik zu ertragen, sondern gedachten, etwaige Zweifel an ihrem Urteil von vornherein zu zerstreuen. Sie empfingen die Ankömmlinge mit gesenkten Köpfen, brüllten und röhrten, woraufhin die Ziegen keinen Ehrgeiz mehr verspürten, von dem Heu zu kosten, auf dem Absatz kehrt machten und sich trollten. Die Kamele, fest entschlossen, jeglichen Widerstand im Keim zu ersticken, liefen ihnen nach und scheuchten sie kreuz und quer über die Anlage, wobei die Bohnen, die die Ziegen hatten kullern lassen und kullern ließen, gleichmäßig verteilt und festgetrampelt wurden. Nach einer Weile hatten die Kamele das dumpfe Gefühl, etwas vergessen zu haben. Sie stellten darum die Verfolgung ein, um sich zu besinnen, und entdeckten, daß sie versäumt hatten, ihre eigenen großen Bohnen unter die kleineren der Ziegen zu mischen, was sie umgehend nachholten, damit die Leute, die den Mist zusammenkehren mußten, merkten, daß ein Kamel sehr wohl Datteln von Packpapier zu unterscheiden weiß und keinen Spaß versteht, wenn es verdorrtes Gras statt Würfelzucker erhält.

Willi Bebel kehrte in den Stall zurück. Er schlug den unteren Türflügel zu, dann den oberen, verriegelte beide, klopfte mit den Händen den Heustaub von Hemd und Hose und zupfte die Stengelchen ab, die sich im Stoff verfangen hatten. Dann setzte er sich wieder zu Bodo, zündete sich eine neue Zigarette an, lehnte sich zurück an eine Krippe und sagte:

„Ich kenne einen hübschen Vogel mit Namen Kukkuck, und der flattert demnächst in deine Bude, wenn du nicht zur Vernunft kommst. Er wird sich auf deinen Möbeln niederlassen, auf deiner Stereoanlage, auf deinem Terrarium, kurz: auf allem, was dir lieb und teuer ist, aber du nicht unbedingt zum Leben brauchst. Ich fürchte, er wird so viel für sich beanspruchen, daß du eines Tages an meine Tür klopfen wirst, um mich zu fragen, ob du bei mir einziehen darfst. Na, ich kann mir etwas Schöneres vorstellen, als dich dauernd um mich zu haben! Da gebe ich dir lieber tausend Mark. Du kannst sie so lange behalten, bis du wieder bei Kasse bist. Wirst ja nicht ewig auf dem letzten Loch pfeifen."

Bodo spie den Strohhalm aus. Sagte:

„Abgemacht".

Damit war die Verhandlung beendet. Eine Konferenz, die Wochen und Monate dauern kann und nur zu ertragen ist, wenn sie gelegentlich von einem kalten Büfett und einem guten Cognac unterbrochen wird, war nicht nötig, um die Vor- und Nachteile einer Übereinkunft gegeneinander abzuwägen und gegebenenfalls die Vereinbarungen durch einen Vertrag zu besiegeln. Um Bodo eintausend Mark vorzustrecken, mußte Willi Bebel tief in die Tasche greifen, ohne daß er einen Nutzen davon hatte, außer der Erleichterung, sich nun nicht mehr mit der Anlage dieser Summe den Kopf beschweren zu müssen. Daß keine Bank auch nur einen vom Grünspan befallenen Kupferpfennig verleiht, ohne zwei Pfennige Zinsen dafür zu verlangen, und jede Sparkasse, selbst im hintersten Winkel, für jeden Groschen, der auf dem Sparkonto steht, Zinsen zahlt, zog Willi Bebel nicht in Betracht. Einen Gewinn für sich herauszuschlagen lag ihm so fern wie einem Kanarienvogel der Gedanke, eine Schallplattenfirma zu gründen. Da nichts zu verdienen war, erübrigte sich auch ein Vertrag mit einem Text auf der Rückseite, der nur mit einem Vergrößerungsglas zu entziffern ist und der alles, was auf der Vorderseite dick und fett gedruckt steht, für null und nichtig erklärt, damit der Vertrag nicht gebrochen werden muß, wenn er sich für eine Partei als unvorteilhaft erweist. Bodo hätte sein Versprechen, daß er das Geld zurückzahlt, sobald er dazu in der Lage ist, auch geben können, ohne ein Wort zu verlieren. Ein Nicken mit dem Kopf hätte Willi Bebel vollauf genügt und wäre so verbindlich gewesen wie die Unterschrift des Präsidenten der Bundesbank. Wenn alle Abmachungen so ohne jede Umschweife getroffen würden, könnten die Rechtsanwälte und Notare, die von Verträgen leben, ihre Kanzleien schlie-

ßen und sich ganz darauf konzentrieren, den Tennis-
schläger zu schwingen oder einem schicken Rock nach-
zujagen.

Hundert Mark sind für jemand, der täglich das zehn-
oder zwanzigfache in seine Taschen scheffelt, ein Trink-
geld, von dem allenfalls ein Strauß roter Rosen für eine
hilfreiche Dame, die die ewigen Qualen des Fleisches
mit gekonnten Kniffen zu lindern versteht, bezahlt werden kann sowie die Gebühr für das Telephongespräch,
das geführt werden muß, damit daheim die Ehefrau
nicht vergißt, wie dringlich und unaufschiebbar die Geschäfte ihres Mannes sind. Andere wiederum müssen
mit jeder Mark jonglieren, sonst würde das Geld, das sie
verdienen, weder hinten noch vorne reichen. Sie haben
eine Familie zu versorgen, in der jedes Mitglied, sie eingeschlossen, einen Magen hat, der sich beharrlich wei-
gert, Wackersteine zu verdauen; in der es ferner alle ab-
lehnen, unter freiem Himmel zu übernachten und die
Kinder gar nicht daran denken, im Winter barfuß durch
den Schnee zu stapfen, dafür aber hin und wieder eine
Tafel Schokolade haben möchten, und sich nicht damit
begnügen, sie in einem Schaufenster zu bestaunen. Wieder anderen liegt es nicht, einer flüchtigen Stunde wegen
Blumensträuße zu verschenken. Sie sind darum gezwungen, mag es ihnen noch so schwerfallen, einen
Hunderter oder gar zwei an einem Abend auf den Kopf
zu hauen, wollen sie nicht zeitlebens allein im Bett ver-
sauern, sondern zu einem Ehepartner kommen und zu
Kindern, die nach Schuhen und Lutschbonbons verlangen.

Da ein Arbeiter, sei er verheiratet oder unverheiratet,

weder Blumen noch Konfekt von der Steuer absetzen kann, sind Spesen für ihn kein Pappenstiel.

Willi Bebel war ein Arbeiter und hatte eine Familie. Darum war es alles andere als eine Selbstverständlichkeit, daß er, ohne mit der Wimper zu zucken, den Verdienst eines Monats sausen ließ, um einem Kollegen aus der Patsche zu helfen.

Bodo war zwar Junggeselle, aber auch er war ein Arbeiter und zudem ein Eheaspirant. Nicht genug damit, er war auch verschuldet. Er hatte Schulden, Schulden, Schulden. Keine sehr hohen Schulden. Gewiß nicht. Mit eisernem Willen und straffgezogenem Gürtel tilgbar in absehbarer Zeit. Ganz gewiß. Aber Bodo, dem Magermilch und Knäckebrot ein Greuel waren, der die Geselligkeit und das Vergnügen liebte, der seinen Träumen nachhing, der nicht neun Stunden am Tag schwere Arbeit verrichten wollte für nichts und wieder nichts, ihm erschienen seine Schulden wie ein gewaltiger Berg, den er mit einer Kinderschaufel abtragen mußte.

Er bekam eine Einstellung zum Geld wie jemand, der unter Brücken haust. Auch einem Obdachlosen, der von dem lebt, was andere ihm übriglassen, bedeuten hundert Mark soviel wie tausend. Denn wenn er tausend hätte, dann hätte er auch hundert und brauchte keine Krümel aufzuklauben. Da er aber nie viel mehr als zehn Mark aufbringen kann, hat er auch keine hundert und muß im Freien kampieren. Oder er ist so hoffnungslos verschuldet, daß, gesetzt den Fall, er würde einer geregelten Arbeit nachgehen und Geld verdienen, der Gerichtsvollzieher ihn dreihundert Jahre lang aufsuchen müßte, um zur Tilgung seiner Schulden jeden Pfennig einzutreiben, den er entbehren kann. Verschuldet oder nicht: Falls er jemals die Hoffnung hatte, wieder als ehrbarer Bürger an einem gedeckten Tisch zu sitzen, so hat er sie für dieses und für zehn weitere Leben aufgegeben, daß, wenn ihm plötzlich ein Goldbrocken in den Schoß fiele, er dennoch zur nächsten Trinkhalle liefe, so schnell er könnte, um den gefundenen Schatz zu versetzen gegen einen Teich voll Schnaps. Da er aber nicht mehr an den Weihnachtsmann glaubt und es nur im Märchen gelegentlich vorkommt, daß güldene Taler vom Himmel regnen, wartet er nicht ab, bis das Christkind kommt und ihm eine Truhe voll Diamanten bringt, sondern sucht beizeiten Halt an der Schnapsflasche.

Deshalb wäre es keine Überraschung gewesen, wenn Bodo die tausend Mark, die ihm zur Verfügung standen, dazu verwendet hätte, um Anita ziselierte Goldohrringe zu kaufen und Judith zu Froschschenkeln in Aspik einzuladen. Um so erstaunlicher war die Tatsache, daß er das Geld nicht verplemperte. Er verjubelte und verjuxte es nicht. Er führte es dem Zweck zu, für den es bestimmt war. Er ging ernsthaft daran, seine Schulden zu begleichen. Er zahlte diesem Kollegen fünfzig, jenem siebzig Mark zurück, drückte einem Freund sechzig in die Hand, einem anderen achtzig, überbrachte seinen Eltern neunzig, überwies hier einhundert und dort zweihundert Mark, bis von den tausend Mark nicht eine müde Mark mehr übrig war.

Mit dieser Summe hatte er freilich nur einen Teil seiner Schulden beglichen. Einen erheblichen Rest blieb er schuldig. Berücksichtigte man ferner, daß er die tausend Mark, mit denen er einen Bruchteil seiner Schulden getilgt hatte, Willi Bebel schuldete, so war richtig, wenn behauptet wurde, daß sich seine Schulden weder erhöht noch verringert hatten, sie nicht mehr, aber auch nicht weniger geworden waren.

Diese nüchterne Feststellung hatte jedoch keinen Einfluß auf sein Handeln. Vernunft und Logik haben ihre Grenzen. Wo Gefühle und Empfindungen, Wünsche und Begierden mit im Spiel sind, da vermögen sie wenig zu bewirken. Wo Liebe ist, Haß, Freude, Leid, Schmerz, Furcht, da stehen rationales und logisches Denken auf einem ebenso verlorenen Posten wie ein moderner Achtzylinder auf der Pritsche eines im Schlamm steckengebliebenen Ochsenkarrens.

Myriaden von Fäden spinnen und weben in der Welt. Wer ist imstande, sie alle zu entwirren?

Man kann Angaben zu einer Person sammeln und diese Daten einem Computer eingeben, kann ihn ihm speichern, wo die betreffende Person wohnt, welchen Beruf sie ausübt, ob sie verheiratet oder ledig ist, was sie gerne ißt und trinkt, welche Gewohnheiten sie hat. Man kann diese Informationen jederzeit abrufen, um der Person, die erfaßt ist, einen zündenden Werbetext ins Haus zu schicken. Der Brief wird, wenn der Postbote nicht schläft, in aller Regel immer bei der richtigen Adresse ankommen. Und mit etwas Glück wird es der Firma, die den Prospekt verschickt hat, sogar gelingen, einen Kunden zu angeln, der ihr Produkt, die Seife mit dem schaumigsten Schaum seit Karl dem Großen, kauft. Niemand aber, auch ein noch so raffiniert konstruierter Computer nicht, wird mit absoluter Sicherheit voraussagen können, ob sich der Käufer, wenn überhaupt, mit der Seife nur die Hände wäscht oder auch das Gesicht, und erst recht nicht, ob und zu welcher Uhrzeit er sich in drei Tagen die Nase putzt. Das Elektronengehirn ist noch nicht erfunden, welches rechnet mit dem allerletzten Stäubchen im Universum, das auf Erden Kopfschmerzen bereitet.

Kein Mensch kann wissen, ob er morgen lachen oder weinen wird. Die Zukunft läßt sich nicht in die Karten schauen. Es mag sein, daß in diesem Augenblick im indischen Dschungel einem Tiger ein Schnurrhaar ausfällt. Ein Vögelchen findet das Haar, pickt es auf und trägt es in sein Nest. Ebensogut kann das Haar auch vom Wind in einen Bach geweht werden. Ein kleiner Fisch, der das Haar mit einem Wurm verwechselt, schnappt danach und verschluckt sich daran. Aber vielleicht verliert der Tiger auch gar kein Haar. Kann sein, kann nicht sein. Das Leben geht eigene Wege.

In diesem Falle war es so, daß sich Bodo in dem beruhigenden Gefühl wiegte, daß die Welt, soweit sie ihn betraf, wieder in Ordnung war, auch wenn man mit Berechnungen nach Adam Riese zu einem anderen Ergebnis kam. Mochte es auch wider besseres Wissen sein, mit der Sorge, in Schulden zu ersaufen, schlug sich Bodo nicht herum. Hätte ihn jemand daran erinnert, daß ihm das Wasser bis zum Halse stand, so würde er diesen Hinweis schlicht mit einem Achselzucken abgetan haben. Warum hätte er sich auch grämen sollen? In den vergangenen Wochen und Monaten war er oft genug gezwungen gewesen, die Straßenseite zu wechseln und das Gesicht zur Wand zu kehren, wenn er zufällig auf der Straße einem seiner unerbittlichen Gläubiger begegnete, so daß er es als eine wahre Wohltat empfand, nun keine Haken mehr schlagen zu müssen wie ein gehetzter Hase. Die tausend Mark hatten seine Verfolger für eine Weile von seiner Spur abgebracht. Mit der

Rückzahlung hatte es Zeit. Blieb noch das Geld, das ihm Judith geborgt hatte. Aber das war nun überhaupt kein Thema.

Als Bräutigam und Liebhaber hatte Bodo alles andere als die Sanierung seiner Finanzen im Kopf. Er mußte sich sowohl um seine Verlobte als auch um seine Geliebte kümmern und durfte sein Glück nicht leichtfertig aufs Spiel setzen. Er war schließlich nur einmal jung und konnte die irdischen Freuden nicht ewig genießen. Aus diesem Grund versuchte er, da sich alles zum Guten zu wenden schien, seine Beziehung zu Judith zu vertiefen. Wann immer es möglich war, ohne bei Anita Verdacht zu erregen, traf er sich mit ihr. So manchen Abend verbrachten sie miteinander, küßten und vergnügten sich, mit und ohne Mondschein.

Eines Abends, bei ihr zu Hause, kam Judith auf ihre Wohnung zu sprechen. Sie ziehe demnächst um, teilte sie Bodo mit. Monatelang habe sie sich um eine neue Wohnung bemüht und jetzt endlich eine gefunden, eine geräumige Zweizimmerwohnung mit Küche und Bad, dazu in einer guten Lage und vergleichsweise nicht einmal teuer. Bodo blätterte in einer Illustrierten und hörte ihr nur mit einem Ohr zu.

„Wenn bloß keine so hohe Kaution verlangt werden würde", setzte Judith bedauernd hinzu, „dann würde ich keine Sekunde zögern, sondern sofort meine Siebensachen packen und diese Puppenstube schon morgen verlassen. Eine Betriebswohnung ist halt wirklich nicht das Wahre, auch wenn man gegen die Miete nichts sagen kann. In einer Nußschale ist mehr Platz. Wenn ich hier einen großen Schritt mache, dann bin ich auch schon auf der anderen Seite. Außerdem ist man viel zu nahe am Arbeitsplatz. Die bringen es fertig, dich mitten in der Nacht aus dem Bett zu holen, nur weil irgendein piepsiges Mäuslein Bauchweh hat und du dem Winzling einen Fingerhut voll Tee kochen sollst. – Sag mal, hörst du mir überhaupt zu?" unterbrach sie.

„Na klar", sagte Bodo, ohne aufzuschauen, legte aber immerhin die Illustrierte beiseite. Allerdings nicht zum Zeichen seiner Aufmerksamkeit, sondern nur um nach einer Kognakflasche zu langen, die dicht dabei auf einem Tischchen winkte. Er schenkte sich ein Glas voll ein und nahm einen kräftigen Schluck. Er schüttelte sich und stieß ein heißeres Krächzen aus. Sobald er seine Stimme wiedergefunden hatte, sagte er:

„Was hast denn du gedacht? Als ob ich nicht zuhören würde. Die ganze Zeit hab' ich dir zugehört. Was war denn nun mit der Maus, wegen der sie dich aus den Federn gescheucht haben? Hat ihr was gefehlt oder nicht?"

„Das ist doch die Höhe. Da rede und rede ich, und du hörst mir gar nicht richtig zu!" empörte sich Judith. „Das ist also der Dank, daß ich mich in die Küche stelle und das Abendessen mache! Du hast einen harten Tag hinter dir, sagst du? Na, was glaubst du wohl, was ich habe?" Sie drehte ihm demonstrativ den Rücken zu. „Ein schöner Freund bist du. Denkst nur an dich." Sie biß sich auf die Zunge. Das hatte sie gar nicht sagen wollen. Es war ihr einfach herausgerutscht. Aber nun war es draußen.

Judiths Vorwürfe kamen so unerwartet, daß Bodo nichts anderes zu sagen wußte als:

„Nun mach kein Theater. Du kriegst ja dein Geld, wenn du das meinst. Ich wollte es dir schon längst geben, aber es ist etwas dazwischen gekommen."

Er hätte besser geschwiegen. Ein Blick in Judiths Gesicht hätte ihm verraten, daß sie ihre Worte bereute. Auf das Geld kam es ihr ohnehin nicht an. Aber Bodo humpelte der Situation hinterher wie ein Seemann mit einem Holzbein seinem Schiff, das ohne ihn aus dem Hafen läuft. Verlegen blätterte er wieder in der Illustrierten. Er fürchtete um den schönen Abend. Fieberhaft sann er nach einer Ausrede. Da hatte er einen Einfall.

„Du bist nicht die einzige, die etwas von mir will", sagte er. „Da sind noch ganz andere, die mir auf die Pelle rücken. Willi beispielsweise. Erst leiht er mir einen Tausender auf unbestimmte Zeit, und jetzt soll ich ihn auf einmal sofort zurückgeben."

„Das kann ich mir gar nicht vorstellen", sagte Judith erstaunt. „Das paßt gar nicht zu ihm."

Tatsächlich entsprach nichts von dem, was Bodo über Willi Bebel gesagt hatte, der Wahrheit. Am liebsten hätte Bodo auch gar kein Wort mehr darüber verloren. Aber nun gab es kein Zurück mehr, er mußte weiterlügen.

„So, du glaubst also, Willi hält sein Wort?" erwiderte er. „Dann war das wohl gestern sein Geist, dem ich zweihundert Mark gegeben habe! Und damit du es genau weißt: Die sollten eigentlich meine Eltern kriegen, und das habe ich dem Kerl auch gesagt. Aber meinst du, das hat ihn beeindruckt?"

„Ist das wirklich wahr?"

„Tatsache."

„Das ist ja ungeheuerlich. Ich hatte ja keine Ahnung." Judith schlang ihre Arme um Bodo und bat ihn um Verzeihung. „Aber das darfst du dir nicht gefallen lassen", fuhr sie nach einer kurzen Pause fort. „Versprochen ist versprochen. Du hast dich doch so sehr auf Willi verlassen. Weißt du was, ich werde mal ein Wörtchen mit ihm reden. Am besten jetzt gleich."

Mit einem Ruck löste sich Judith von Bodo und ging zum Telephon.

Die Sache drohte für Bodo unangenehm zu werden, falls er die Situation nicht schnell in den Griff bekam. Er eilte Judith nach, und während sie Willi Bebels Nummer wählte, beschwor er sie, keinen Ärger zu machen. Aber Judith ließ sich nicht von ihrem Entschluß abbringen, und als sie Willi Bebel am Apparat hatte, machte sie ihrem Herzen Luft. Sie beschuldigte ihn des Wortbruchs und nannte ihn einen treulosen Gesellen. Er solle seine Entscheidung noch einmal überdenken und sich an die Abmachung halten, falls noch ein Fünkchen Anstand in ihm stecke. Und ohne seine Antwort abzuwarten, legte sie den Hörer auf.

„Ich finde, das mußte gesagt werden", triumphierte sie und gab Bodo einen Kuß auf die Wange.

„Was hat er dir denn geantwortet?", wollte Bodo von ihr wissen.

„Geantwortet? Nichts. Er hatte gar keine Gelegenheit dazu."

Bodo atmete auf.

„Komm, laß uns von etwas anderem reden", sagte er und zog sie zu sich heran.

„Einfach aufgelegt", murmelte Willi Bebel und schaute gedankenverloren aus dem Wohnzimmerfenster. Neben ihm, in einem Käfig, turnte ein Papagei, bald auf der Sitzstange kopfüber nach unten, bald am Gitter in

Klimmzügen nach oben, kollerte und krächzte und ignorierte beharrlich den Wortschatz, den ihm sein Herr und Meister in langwierigen Sitzungen beigebracht hatte. Willi Bebel, des Gezeters und Gezappels überdrüssig, fischte aus einem Schälchen, das mit Erdnüssen gefüllt vor ihm auf der Fensterbank stand, eine Nuß heraus und reichte sie dem nervösen Tier. Der Papagei, die Nuß vor Augen, stellte seine Freiübungen ein und hörte auf zu krakeelen. Er ergriff die Erdnuß behutsam mit dem Schnabel, knackte sie auf und tat sich an ihr gütlich. Willi Bebel starrte wieder aus dem Fenster.

In seinem Kopf ging es zu wie in einem Bienenstock. Seine Gedanken summten und sausten wild durcheinander, als wäre er soeben aus einer tiefen Narkose erwacht. Er versuchte dem Sirren und Schwirren der Gedanken Richtung und Ziel zu geben, aber es brauchte seine Zeit, bis wieder Ordnung in sein Hirn eingekehrt war und er einen klaren Gedanken fassen konnte.

Das erste, was ihm licht und hell zum Bewußtsein kam, war, daß er seine mühselig zusammengekratzten Ersparnisse angetastet hatte, um Bodo unter die Arme zu greifen, und der verdrehte zum Dank dafür die Wahrheit um hundertachtzig Grad. Das Lügenmaul tischte den Leuten ein Märchen auf, verleumdete ihn und stellte ihn als Blutsauger hin, als einen blutrünstigen Vampir, der ihn aussaugt bis auf den letzten Tropfen Blut. Als nächstes aber dachte er, daß er ja selbst schuld daran sei und daß ihm ganz recht geschehe. Was hatte er sich auch breitschlagen lassen, mir nichts, dir nichts den Geldbeutel gezückt und dem Bengel gegeben, was er von ihm verlangte. Warum sich aufregen? Das war der

Lümmel gar nicht wert. Nichts wird so heiß gegessen, wie es gekocht wird. Erst einmal einen soliden Zug durch die Lungen zischen und in Ruhe über alles nachdenken.

Er tastete Brust- und Hosentaschen nach Zigaretten ab, fand aber keine. Wo waren denn die verdammten Glimmstengel abgeblieben? Mußten doch irgendwo sein. Er drehte sich um, ging durch das Zimmer, stöberte in Winkeln und Ecken und fand unter einer Tageszeitung, die auf dem Sessel lag, ein zerknülltes Zigarettenpäckchen. In dem Päckchen befand sich nur noch eine kümmerliche Zigarette, der man ansah, daß sie Bekanntschaft mit Hinterbacken gemacht hatte. Aber eine zerknitterte und zerknautschte Zigarette war besser als gar keine. Viel wichtiger war, daß die Zigarette brannte. Wenn er nur sein Feuerzeug schon hätte. In seinen Taschen war es nicht und auf dem Tisch sah er es auch nicht liegen. Aber Streichhölzer taten es ja schließlich auch. Er ging zum Wohnzimmerschrank, zog die oberste Schublade auf, dann die unterste, dann die mittlere, die rechte, die linke, riß ungeduldig alle Schranktüren auf, stöberte zwischen verfallenen Lotterielosen und vergilbten Familienphotos, Gesellschaftsspielen und Knabbergebäck, kramte, wühlte.

„Verflixt und zugenäht!" schrie er, als er die letzte Nische in Augenschein genommen und auch dort nicht gefunden hatte, wonach er suchte. „Irgendwo müssen doch diese vermaledeiten Dinger sein. Habe sie doch erst gestern noch hier gesehen. Ein Durcheinander ist das aber auch. Da kann man ja keinen Pottwal finden, selbst wenn er direkt vor einem liegt, in diesem Saustall, diesem elenden!"

Während Willi Bebel daranging, das Zimmer auf den Kopf zu stellen, kam seine kleine Tochter zur Tür herein, um ihn wegen einer kniffligen Hausaufgabe um Rat zu fragen.

„Du, Papi", sagte sie, „die Rechenaufgaben sind so schwer, und morgen schreiben wir eine Arbeit. Kannst du mir nicht helfen? Also, wenn sechs Äpfel soviel wie drei Birnen kosten und eine Birne fünfzig Pfennig, wieviel Äpfel kann man dann für drei Mark kaufen?"

Sie stand da, hielt das Schulheft aufgeschlagen in der Hand, nagte an ihrem Kugelschreiber und hoffte, daß ihr Vater ihr die Lösung sagen würde.

„Da fragst du mich?" gab Willi Bebel zur Antwort. „Du bist wohl nicht ganz gescheit. So eine leichte Aufgabe, die lösen andere Kinder im Schlaf. Das kapiert ja ein Säugling. Marsch ab, sonst setzt es was. Und komme mir ja nicht heim mit einer schlechten Note!"

Seine Tochter rannte heulend zur Tür hinaus, lief zur Küche, wo sie sich am Rockzipfel ihrer Mutter ausweinen wollte, kam aber nicht so weit, weil sie unterwegs auf ihre beiden älteren Brüder traf, die mit den Fingern auf sie deuteten und mindestens zehnmal hintereinander „Heulsuse" riefen. Darauf ging ihr Geheule erst richtig los.

Als Willi Bebels Frau das Geplärre der Kinder hörte, hielt es sie nicht länger in der Küche. Sie eilte über den Flur zum Wohnzimmer, streckte ihren Kopf zur Tür herein und sagte:

„Mußt du das Kind so anbrüllen, daß man es bis draußen auf die Straße hört?"

„Wer hat gebrüllt? Ich?" tat Willi Bebel erstaunt. „Sag mir lieber, wo die Streichhölzer sind."

„Im Schrank, wo sonst."

„Nie im Leben!"

„Na, das wird sich gleich herausstellen."

Schnurstracks ging seine Frau zum Schrank und zauberte aus einem der Schrankfächer in Null Komma nichts ein Schächtelchen mit Streichhölzern hervor. Sie pfefferte das Streichholzschächtelchen vor ihn auf den Tisch und fragte:

„Sind das Streichhölzer, oder nicht?"

Noch ehe er etwas erwidern konnte, hatte sie das Zimmer verlassen und die Tür hinter sich zugeknallt. Willi Bebel brummte etwas vor sich hin, ergriff das Schächtelchen, nahm ein Hölzchen heraus und zündete sich die lädierte Zigarette an.

Er gab sich Mühe, die Ruhe in Person zu sein. Bloß nicht aufregen. Wer wird sich denn wegen solcher Kleinigkeiten graue Haare wachsen lassen. Aufregung schadet Herz und Galle und nutzt nur dem Apotheker. Wenn die Kinder nur endlich aufhören wollten, sich zu zanken. Aber sie schienen gar nicht daran zu denken. Da sah man, wohin es führte, wenn die Bälger gemästet wurden mit zuckersüßen Fruchtsäften, dicken klebrigen Brotaufstrichen, nahrhaften Knusperschnitten, wissenschaftlich empfohlenen Frühstücksflocken: Die ganzen teuren, unverzichtbaren Eiweißstoffe, hochwertigen Fettsäuren, garantierten Fruchtzucker, zehnerlei Vitamine, und weiß der Geier was sonst noch alles, verpufften in Tosen und Toben. Das war ja nicht zum Aushalten. Nicht einmal zu Hause hatte man seinen wohlverdienten Frieden.

„Gibt es jetzt endlich Ruhe, zum Donnerwetter, ihr Rotznasen, oder es knallt!" brüllte er.

„Ruhe, Ruhe", plapperte der Papagei dazwischen, der an dem Krach offensichtlich Gefallen fand.

„Halt's Maul, du Mistvieh!" schnauzte ihn Willi Bebel an.

Diese Beleidigung ließ der Papagei nicht auf sich sitzen. Er krächzte:

„Halt's Maul, halt's Maul. Willi, Willi!"

Kaum hatte er dies gesprochen, zuckte er zusammen, flatterte und zeterte, denn die Tageszeitung, die auf dem Sessel gelegen hatte, war gegen seinen Käfig geklatscht.

„Du setzt mir keine Hörner auf, du nicht, du vermilbte Amsel!" donnerte Willi Bebel. Ein hysterischer Vogel konnte ihn doch nicht aus der Fassung bringen. Gar nicht hinsehen und hinhören, einfach an etwas anderes denken. Mal sehen, was es im Fernsehen gab.

Er schaltete den Fernseher ein und ließ sich in den Sessel sinken.

Über die Mattscheibe flimmerte, ganz nach Willi Bebels Geschmack, ein Wildwestfilm. Eine Horde wilder Indianer befand sich auf dem Kriegspfad, plünderte, brandschatzte, mordete und rasierte den Bleichgesichtern die Köpfe kahl bis auf die Schädelknochen. Da, ein Trompetensignal! Die glorreiche US-Kavallerie griff mit einer tollkühnen Attacke in das Geschehen ein. Piff! Paff! Die blauen Bohnen zischten und pfiffen nur so durch die Luft, und alle Augenblicke biß eine Rothaut ins Gras. Auch den Häuptling, zu erkennen an seinem prächtigen Kopfschmuck, erwischte es zu guter Letzt: Er stürzte von seinem Pony, gefällt wie ein Baum durch den Säbel des kommandierenden Obersts. Die Indianer, ihres Häuptlings beraubt, ergriffen kopflos die Flucht. Der Held aber, ein unehrenhaft aus der Armee entlassener Leutnant, Opfer einer Intrige, hatte inzwischen eine Bande von Weißen, die an die Indianer Feuerwasser und Gewehre verhökerte, dingfest und unschädlich gemacht. Er übergab die Banditen im nächsten Ort dem Sheriff. Nachdem sich die Neuigkeit in der Ortschaft herumgesprochen hatte, wollten die wütenden Bürger mit der Bande kurzen Prozeß machen, um die Gerichtskosten zu sparen. Aber mit Hilfe des ehemaligen Leutnants, der den Rädelsführer mit einem Kinnhaken außer Gefecht setzte, gelang es dem Sheriff, die Menge zu zerstreuen. Die Banditen wurden vor ein ordentliches Gericht gestellt, wo man ihnen, und nicht den Indianern, das Massaker an einer Siedlerfamilie zur Last legte. Die Schurken mußten zur Strafe Krawatten aus Hanf tragen, die zu ihren Häuptern an einem Querbalken befestigt waren, damit sie nicht herunterfielen und sich verletzten, wenn die Schemel, auf denen sie standen, entfernt wurden. Der ehemalige Leutnant aber wurde mit allen Ehren wieder in die Armee aufgenommen und heiratete, zum Hauptmann befördert, die Tochter des Obersts.

Obwohl Willi Bebel wie gebannt auf den Bildschirm starrte und der Film seinen Geschmack traf, war er mit den Gedanken ganz woanders.

Er sah Bodo aus einem Flugzeug steigen, in Bermudashorts und kurzärmeligem Hemd, auf der Nase eine Sonnenbrille. Eine Südseeinsulanerin, die einem Maler hätte Modell stehen können, so vollkommen war ihre Figur, legte ihm zur Begrüßung einen bunten, duftenden Blumenkranz um den Hals. Wenig später räkelte er sich am Strand, trank exotische Cocktails und Unmengen von Rum. Die schönsten Bewohnerinnen des Eilandes umschwärmten ihn und wetteiferten um seine Gunst, eine schöner als die andere, allesamt freundlich, vom Wetter verwöhnt, kupferfarben und kaffeebraun. Die Sonne flutete warm. Die Palmwipfel wedelten leise. Vom Meer eine frische Brise. Der würzige Geruch von Salzwasser und Seetang. Der Himmel so klar, so blau, so herrlich weit die Welt umspannend. Das alles sah Willi Bebel deutlich vor sich. Und obgleich sein Verstand ihm sagte, daß man mit eintausend Mark keine Südseeinsel zu Gesicht bekommt, nicht einmal ein Zipfelchen davon, bestritt Bodo den Flug, die Drinks, die Dienste der Mädchen und alle anderen Ausgaben von dem Geld, das er ihm geliehen hatte.

Aber Willi Bebel sah auch einen Sessel, die Sitzfläche durchgesessen, das Polster abgewetzt, sich selbst in diesem Sessel sitzend, im Mund eine Zigarette, die nur schwach glimmte, obgleich er so kräftig an ihr zog, als wäre er am Ersticken. Kein Sonnenschein. Kein blaues Meer. Keine anregenden Getränke. Ohne ein hübsches Mädchen im Arm. Nur eine Ehefrau, die ihn nicht verstand. Nur Kinder, die sich zankten.

Auch wenn Willi Bebel die Handlung des Films kaum wahrgenommen hatte, so waren einzelne Szenen doch nicht spurlos an ihm vorübergegangen. Diese Bilder mischten sich nun unterschwellig unter seine Vision und verstärkten in ihm den Wunsch, Bodo mit der geballten Faust so sanft und sachte an die Kinnlade zu tippen, daß der hinterhältige Schuft für einige Zeit sein Essen mit dem Strohhalm würde einnehmen müssen. Er war nahe daran, aufzuspringen und Bodo noch an diesem Abend einen Besuch abzustatten. Und dies würde er auch getan haben, wenn ihn nicht die Gewißheit, daß Bodo ihm nicht weglaufen konnte, auf morgen vertröstet hätte.

Willi Bebel verbrachte eine unruhige Nacht, eine Nacht, in der er sich im Schlaf von einer Seite auf die andere wälzte und von einem Sessel träumte, der mit Zigaretten gepolstert war und auf dem seine Frau mit Bodo einen Hula tanzte, begleitet von der heißeren Stimme eines Papageis, den drei Kinder mit einer zerfledderten Tageszeitung neckten.

Als in der Frühe der Wecker rasselte, war Willi Bebel mit einem Satz aus dem Bett. Im Bad spülte er sich mit ein paar Tropfen Wasser den Mund aus, rieb sich die gleiche Menge Wasser mit den Fingern ins Gesicht und war in weniger als fünf Minuten in seinen Kleidern. Seine Frau, die schon vor ihm auf den Beinen war, um das Frühstück zu machen, schenkte ihm eine Tasse Kaffee ein. Der Kaffee war frisch gekocht und heiß. Willi Bebel konnte ihn nur Schlückchen für Schlückchen schlürfen und verbrannte sich trotzdem die Zunge dabei, da half kein Schimpfen und kein Fluchen. Dann aber hopp, von den Wurstbroten, die auf dem Teller lagen, eins genommen und los.

„Also dann, bis heute abend", verabschiedete sich Willi Bebel von seiner Frau, biß in das Wurstbrot, und schon war er aus dem Haus, im Auto, unterwegs zur Arbeit.

Gegen sieben Uhr saß er im Umkleideraum vor seinem Spind und wartete auf Bodo. Eine halbe Stunde später, kurz vor Arbeitsbeginn, wurde im klar, daß er vergebens wartete. Bodo erschien nicht. Offenbar war er schon vor ihm da. Aber das machte nichts, er konnte warten bis zum Abend.

Es war Sommer, und der Zoo hatte bis sieben Uhr abends geöffnet. Um sechs Uhr hatten die Tierpfleger

Dienstschluß, bis auf drei, die zwischen sechs und sieben als Aufsicht die Runde machten, weil auch in diesem Zeitraum damit zu rechnen war, daß es ein paar Zoobesucher darauf anlegten, mit einem Eisbär um die Wette zu schwimmen, oder es zweckmäßig fanden, die Qualität ihrer Schuhe unter einem Elefantenfuß zu testen, oder versuchten, ein Krokodil im Rachen zu kitzeln. Manche suchten auch nur einen Partner für ihren verwitweten Wellensittich. Fand sich kein alleinstehender Wellensittich, so gaben sie sich auch mit einem Kakadu oder Adler zufrieden. Die drei Tierpfleger mußten darum gut zu Fuß sein, um die Leute, die auf solche Ideen kamen, darauf hinzuweisen, daß Mutproben, Tierfang, Selbstmord und ähnliche Dinge im Eintrittspreis nicht inbegriffen waren. Im übrigen konnten sie sich glücklich schätzen, wenn der letzte Besucher um halb acht den Zoo verlassen hatte und sie nach einem langen Arbeitstag endlich ihre Beine von sich strecken durften.

Wer keine Aufsicht hatte, verließ in der Regel zehn Minuten vor sechs seine Abteilung, um möglichst um sechs Uhr unter der Dusche zu stehen. Je weiter entfernt die Abteilung lag, desto mehr mußte man sich sputen.

Das Gebäude, in dem sich die Wasch- und Umkleideräume befanden, war auf zwei Wegen zu erreichen. Der eine führte am Vogelhaus, der andere am Affenhaus vorbei. Obwohl beide Wege ungefähr gleich lang waren, wurde der, der am Affenhaus vorbeiführte, bevorzugt. Warum das so war, wußte niemand zu sagen. Keiner zerbrach sich auch den Kopf darüber, sowenig wie sich ein Gnu in Afrika darüber Gedanken macht, warum die

Herde, mit der es wandert, diesen und nicht jenen Pfad nimmt. Irgendwann hatte sich jemand für diesen Weg entschieden und andere waren ihm gefolgt, bis es schließlich zu einer festen Gewohnheit geworden war, so und nicht anders zu den Wasch- und Umkleideräumen zu gelangen. Schlug wider Erwarten dennoch jemand einmal den anderen Weg ein und wurde dabei entdeckt, so riefen ihn seine Kollegen herbei, worauf der Abtrünnige keine Sekunde zögerte und auf den gewohnten Weg einschwenkte. Denn in der Gruppe mitzumarschieren, war viel unterhaltsamer. Hin und wieder kam es vor, daß einer unbemerkt den falschen Weg benutzte. In solchen Fällen wurde der Betreffende dort, wo sich die beiden Wege vereinigten, von jenen, die den richtigen Weg beschritten, mit den Worten in Empfang genommen: „Wo kommst du denn hergeschlichen, du trübe Tasse?" und so vorwurfsvoll angeschaut wie ein unartiges Kind, das trotz Verbot vom Kuchenteig genascht hat.

Willi Bebel, an diesem Tag im Affenhaus tätig, war mit den hiesigen Sitten und Gebräuchen bestens vertraut. Am Abend verließ er das Haus ein paar Minuten früher als gewöhnlich. Einen Arm auf eine kleine Mauer gestützt, stand er vor der Hintertür und rauchte eine Zigarette.

Den ganzen Tag hatte er über die gestrigen Ereignisse nachdenken müssen, und das war seinem Zorn nicht gerade abträglich. Obwohl er sich eingestand, daß er sich zu seiner Frau und seinen Kindern schlecht benommen hatte, so war doch letztlich Bodo an seinem Wutausbruch schuld. Nur wegen ihm hing der Haussegen schief.

So lässig an das Mäuerchen gelehnt und die Leute beobachtend, die vorbeispazierten, war Willi Bebel nicht anzumerken, daß er vor Wut kochte. Er glich eher einem Mann, der sich auf den Feierabend freut und zufrieden ist mit sich und der Welt, weil er seiner Rente wieder ein kleines Stück näher gekommen ist. Als Bodo den Weg entlangkam, Arm in Arm mit Judith und in Begleitung von anderen Tierpflegern, wirkte er ganz entspannt. Schon von weitem begrüßten ihn einige mit Hallo, aber er erwiderte ihren Gruß nicht. Scheinbar gleichgültig ging er auf die Gruppe zu.

War für Bodo das bloße Erscheinen von Willi Bebel schon eine Warnung, so wußte er spätestens jetzt, was die Stunde geschlagen hatte. Ereignisse waren im Anmarsch, die nichts Gutes versprachen und vor denen es kein Entrinnen gab. Ein Blick in Willi Bebels ausdrucksloses Gesicht genügte ihm. Unheil stand darin geschrieben. Er brauchte kein Prophet zu sein, um das zu erkennen. Das Unausweichliche nahte, brauste heran wie eine Lokomotive, und er stand mitten auf den Schienen, unfähig einer Bewegung. Es war eine Vorahnung, die sich in einem flauen Gefühl in seiner Magengrube bemerkbar machte, nicht in Form eines klaren Gedankens. Für die Entwicklung von ausgefeilten Theorien mit anschließender Diskussion war keine Zeit.

„Das sind ja nette Geschichten, die du über mich verbreitest!" sagte Willi Bebel laut und deutlich, so daß es alle hören konnten, und versperrte Bodo den Weg. „Ein Halsabschneider und Wucherer also bin ich. Ein ekelhafter Aasgeier, eine verschlagene Hyäne. Was noch? Wie? Nichts weiter? Nur heraus damit und nicht herumgedruckst, sonst kracht's, und nicht zu knapp! Das ist etwas anderes hier als deine Weibergeschichten. Hast wohl gedacht, du könntest mich ausnutzen wie eins deiner blauäugigen Schäfchen, du Schürzenjäger, du plattfüßiger. Nichts als Weiber im Kopf. Keine müde Mark im Portemonnaie, aber süßes Leben rund um die Uhr. Spielt den dicken Mann auf anderer Leute Kosten. In der Zwischenzeit können Trottel wie ich zusehen, wie sie ihre Familie über Wasser halten. Das würde dir Schaumschläger und Windbeutel so passen, mein Geld verprassen und mich mit Dreck bewerfen. Habe ich recht, oder nicht? Heraus mit der Sprache, falscher Fuffziger, du! Frei von der Leber weg und nicht so schüchtern! Verlogener und verbogener Wurm. Bis morgen gebe ich dir Zeit, und keinen Tag länger, dann habe ich mein Geld zurück, oder ich rupfe dir Gockel die Schillerfedern einzeln aus!"

Das alles leierte Willi Bebel nicht an einem Stück herunter. Er legte mehrere schöpferische Pausen ein, in denen er Bodo ohrfeigte, mal auf die linke, mal auf die rechte Backe.

Bodos Begleiter stoben unterdessen wie Billardkugeln auseinander und beobachteten das Schauspiel aus sicherer Entfernung.

Bodo setzte sich nicht zur Wehr. Er hob noch nicht einmal schützend die Arme vor sein Gesicht. Eine Ohrfeige nach der anderen kassierte er, ohne auch nur einen Finger zu rühren. Es lag ihm nichts daran, den Helden zu spielen. Willi Bebel war ihm an Kraft überlegen, das wußte er, und eine Gegenwehr wäre so erfolgreich gewesen wie ein Sprung vom Dach eines Hochhauses. Es war kein Märtyrertum, sondern reine Selbsterhaltung, wenn er die Hiebe widerstandslos über sich ergehen ließ.

Freilich hätte er einfach weglaufen können. Einmal am Rennen, hätte Willi Bebel ihn nicht einzuholen vermocht, weil dessen linkes Bein von Geburt an etwas kürzer war als das rechte, weshalb er leicht hinkte und nicht allzu schnell laufen konnte. Aber Bodo rannte nicht fort.

Wäre er fortgerannt, er hätte mit Sicherheit sein Gesicht verloren, und das wäre so ziemlich das Schlimmste gewesen, was ihm hätte widerfahren können. Auf der gesellschaftlichen Stufe, auf der er stand, konnte man weder eine große Karriere noch einen guten Ruf aufs Spiel setzen. In seinen Kreisen galt bereits als steiler Aufsteiger, wer pro Tag statt zwei Haufen Mist nur noch einen beseitigen mußte. Damit war der Gipfel der beruflichen Laufbahn auch schon erreicht. Um solche Höhen zu erklimmen, war es nicht notwendig, seine Haut zu Markte zu tragen. Wollte man aber sein Gesicht wahren, so mußte man bereit sein, notfalls auch Ohrfeigen einzustecken. Für Stutzer mit Aktenköfferchen und Modepüppchen mit lackierten Fingernägeln, die das größte Glück darin erblicken, sich nach dem letzten Gestopfe eines hohlbrüstigen Flickschneiders zu verkleiden, war in diesem Beruf keine Verwendung. Hier wurde nicht auf Stühlen herumgehockt und Papier zerknüllt. Auch fühlte sich niemand zum Großunternehmer oder Minister berufen, nur weil er einen verschmierten Stempel auf einen Stapel Formulare drücken durfte. Hier waren Leute mit Schwielen an den Händen angesehener als welche mit blütenweißer Unterwäsche. Seidene Bübchen und verwaschene Läppchen hatten hier soviel zu bestellen wie ein Wassertropfen in einem gut eingeschürten Hochofen. Wenn Bodo wie ein verängstigtes Kaninchen das Weite gesucht hätte, hätten seine Kollegen es fertiggebracht, ihm ein Sabberlätzchen anzuziehen, und ihm nachgerufen: „Wie geht's denn unsrem Söhnchen heute? Hat wohl wieder Senf am Hintern pappen. Warte, Mutti kommt gleich und wechselt die Windeln!"

Bodo hätte sich eher die Ohren in Fetzen schlagen lassen, als daß er es ertragen hätte, wie ein Schwächling behandelt zu werden. Nur einmal sagte er, zu Willi Bebel gewandt:

„Himmel noch mal, so laß mich dir das doch erklären!"

Das war, als zwischen zwei Ohrfeigen sein Blick auf Judith fiel. Eine Hand auf ihren Mund gepreßt, sah sie ihn fassungslos an, als wollte sie sagen: Was hat das zu bedeuten? Was soll ich davon halten? Kann das denn alles wahr sein? Aber von einer Ohrfeige auf die andere hatte Bodo es sich anders überlegt und die Absicht aufgegeben, seine Unredlichkeit mit blendenden Farben zu überpinseln. Nachdem er seinen Mund aufzumachen gewagt hatte, briet ihm Willi Bebel eine über, daß ihm die Lust verging, eine Ansprache zu halten, und er zu der Erkenntnis kam, daß man, gleich gerissenen Politikern nach siegreicher Wahl, nachträgliche Erklärungen hinsichtlich nicht gehaltener Versprechen besser im Radio oder Fernsehen abgibt, wo man vor fliegenden Eiern und Tomaten sicher ist.

Für ein hohes Ideal Leib und Leben zu riskieren, ist ein erstrebenswertes Ziel, auf das Belohnungen ausgesetzt sind. Wer die Ehre einer Nation mit der Waffe verteidigt oder zum Heil der Seele Scheiterhaufen errichtet, dem winken blitzende Orden oder eine Notiz auf einem Kalenderblatt. Für die eigene Selbstachtung zu streiten dagegen, verdient keinen Lorbeer, sondern kann mit Geldstrafe oder Schlimmerem belegt werden, weil dadurch nicht die Aktienkurse steigen und niemand davor bewahrt wird, im Fegefeuer zu rösten und zu schmoren. Wer nur darauf bedacht ist, morgens nach dem Aufstehen sein Gesicht im Spiegel zu betrachten, ohne daß ihm vor Schreck die Zahnbürste aus der Hand fällt, hat keinen Anspruch auf einen polierten Grabstein, auf dem sein Name neben tausend anderen eingraviert ist. Wer nichts als seine Achtung vor sich selbst zu bewahren sucht, darf sich nicht beschweren, wenn er statt Nachruhm nur bittere Tränen erntet.

Vor dem Eingang zu den Wasch- und Umkleideräumen kam Willi Bebel mit der Massage von Bodos Backen zum Abschluß. Bis hierhin hatte er Bodo schimpfend und schlagend vor sich hergetrieben, gefolgt von neugierigen Kollegen, vorbei an aufgeschreckten Zoobesuchern, darunter besorgte Mütter, die ihre Kinder an die Hand nahmen, und Leute, die mißbilligend ihre Köpfe schüttelten, verlegen wegschauten oder mit solchem Interesse die Beschreibungstafeln vor den Affenkäfigen studierten, als handele es sich um Pläne zur Auffindung eines Goldschatzes, obwohl man sicher sein konnte, daß sie nicht wußten, ob sie ein Modejournal oder ein Kochbuch vor sich hatten.

Schlimmer, als in aller Öffentlichkeit verdroschen und heruntergeputzt zu werden, war für Bodo, daß Willi Bebel ihn mit der flachen Hand schlug. So wurden ungezogene Kinder verhauen. Männer, die etwas auf sich hielten, prügelten sich mit den Fäusten.

Willi Bebel war inzwischen richtig in Fahrt gekommen. Er hätte Bodo noch ein dutzendmal das Fell gerben müssen, ehe man sich in seine Reichweite hätte begeben können, ohne Gefahr zu laufen, daß man das Schädeldach abgedeckt bekam. Die Schläge mit der bloßen Handfläche hatten ihm nur wenig Genugtuung verschafft. Eine gesunde Abreibung mit den Fäusten würde ihm weit mehr Befriedigung verschafft haben. Wahrscheinlich wäre er so bald nicht zur Besinnung gekommen, wenn es Franz Schlesier nicht gelungen wäre, ihn zu beruhigen.

Franz Schlesier hatte zusammen mit Achmed das Affenhaus zu dem Zeitpunkt verlassen, als Willi Bebel Ohrfeigen auszuteilen begann, und sich dann der Prozession angeschlossen, die hinter dem Büßer zu Seife und frischen Socken zog. Franz Schlesier hatte sich vorsorglich im Hintergrund gehalten. Denn es war nicht ratsam, einem wild gewordenen Elefanten, dem eine Hornisse ins Ohr gebrummt ist, auch noch in den Rüssel zu petzen. Obgleich er kaum mit ansehen konnte, wie Bodo Ohrfeige auf Ohrfeige traf, unternahm er nichts zu dessen Verteidigung. Sich hier einzumischen und den Friedensengel zu mimen, war so ziemlich das letzte, was er zu tun beabsichtigte. Wenn Willi Bebel Bodo eins aufs Maul gab, so würde er schon einen triftigen Grund dafür haben. Bodo war schließlich kein unbeschriebenes Blatt. Gute Gründe also, sich herauszuhalten, statt ein blaues Auge oder gar zwei zu riskieren.

Nun hatte Willi Bebel aber die Arme in die Seiten gestemmt und sich breitbeinig vor die Eingangstür gestellt, so daß der Weg versperrt war. Allem Anschein nach sollte jetzt die Abschlußkundgebung stattfinden, deren Ende nicht abzusehen war. Franz Schlesier hatte jedoch, wie der gesamte Troß, keine Lust, vor der Tür sein Nachtlager aufzuschlagen. Eher wollte er mit einem rasenden Stier in einem Raum eingesperrt sein, was zu erwarten war, wenn Willi Bebel nicht hier an Ort und Stelle auf seine Kosten kam, sondern sich erst oben in einem der Räume austoben konnte. Darum sagte Franz Schlesier, der es eilig hatte, zu seinen Stallhasen und Hühnern zu kommen:

„Laß es gut sein, Willi! Du schlägst den armen Tropf sonst noch zu Brei, und morgen fehlt er uns bei der Arbeit. Das wirst du doch nicht wollen. Schau dir nur seine Backen an. Sind jetzt schon rot wie Feuer."

Und ein anderer Tierpfleger, durch diesen Vorstoß ermutigt, sagte:

„Mach dir doch nicht weiter die Pfoten schmutzig an dem Häufchen Elend da."

Wieder ein anderer rief:

„Die Abreibung hat dem Kerl mal ganz gutgetan. Aber nun nicht länger hier herumgefaselt und die Hühneraugen strapaziert. Herrgott, zu Hause wird die Suppe kalt!"

Damit sprach er aus, was alle dachten: Ja, nun endlich nach Hause zu Töpfen und Pfannen, in denen es brutzelt und brodelt!

So von verschiedenen Seiten bedrängt, wurde Willi Bebel unsicher und geneigt, seine Absicht, ein großes Finale zu veranstalten, noch einmal zu überdenken. Die Einwände der Kollegen waren einer Überlegung wert.

Es war nicht abzustreiten, daß er Bodo mit einem

Eisbeutel auf dem Schädel ins Bett befördern würde, falls er ihn weiter prügelte. Die Folge wäre, daß er morgen nicht zur Arbeit erschien, und ein anderer, womöglich er selbst, hätte es auszubaden. Sind ohnehin schon zu viele erkrankt. Vielleicht denkt er morgen auch ganz anders über die Sache. Er empfindet Mitleid und Reue, reicht Bodo zur Versöhnung die Hand, und der schlägt das Friedensangebot aus, weil er ihm nicht verzeihen kann, daß er ihn vollständig zur Schnecke gemacht hat. Außerdem würde es noch eine gute Weile dauern, bis er sich in einen bequemen Sessel hineinpflanzen könnte. Auch das war zu bedenken. Ob im Falle einer Verspätung daheim mit Speisen aufgewartet wird, ist nach früheren Erfahrungen zu bezweifeln. Mit einer warmen Mahlzeit aber darf bestimmt nicht gerechnet werden.

Willi Bebel nahm die Hände aus den Hüften und vergrub sie in den Hosentaschen. Sein Elan begann zu schwinden, je länger er darüber nachdachte und je mehr Stimmen, die an das Abendessen erinnerten, laut wurden. Schließlich sagte er:

„Verdammt, ihr habt vollkommen recht! Der ganze Abend wird einem noch verhunzt. Als hätte man sich heute nicht schon genug die Hacken abgewetzt, steht man hier auch noch blöd herum und redet sich den Mund fusselig. Um es kurz zu machen: Morgen ist Zahltag, Rotbäckchen, und keinen Tag später! Und komme mir ja nicht mit faulen Ausreden. Ich mache Hackfleisch aus dir, das laß dir gesagt sein."

Achmed, der diese Drohung offenbar wörtlich nahm, rief:

„Nein, das zu hart!"

Zu Achmeds Erleichterung drehte Willi Bebel Bodo nicht durch den Fleischwolf, sondern sah ihn nur scharf an, wandte sich dann um, riß die Tür auf und verschwand im Hauseingang, einen Schwanz von Kollegen nachziehend, die sich an seine Fersen geheftet hatten und das Treppenhaus mit Lärm erfüllten. Die Stimmen überschlugen sich, da jeder glaubte, daß sein Beitrag von größter Wichtigkeit sei und die Welt ein Recht darauf habe, diese Weisheiten zu erfahren. Zur Debatte stand das Fernsehprogramm, oder man posaunte aus, was es zu Hause zu essen gab. Der neueste Klatsch fand reißenden Absatz, ebenso Ratschläge für alle Lebenslagen. Indessen war der Zwischenfall, der sich soeben vor aller Augen ereignet hatte, kein Thema mehr.

Während seine Kollegen ihre Arbeitskleidung ablegten und unter die Dusche gingen, stand Bodo unten zögernd vor der Tür. Judith, die nicht von seiner Seite gewichen war, kümmerte sich um ihn, obgleich sie am liebsten weggelaufen wäre. Für sie war alles wie ein böser Traum, ein dummes Mißverständnis, das sich bald aufklären würde, ein Irrtum. Wie in Trance tastete sie nach ihrer Handtasche und holte ein Taschentuch und ein Fläschchen Kölnisch Wasser daraus hervor. Sie träufelte ein paar Tropfen davon auf das Taschentuch und betupfte damit ganz vorsichtig Bodos Wangen, die wie eine Herdplatte glühten und anzuschwellen begannen. Bodo ließ sie stillschweigend gewähren. Seine malträtierte Haut schmerzte bei jedem Tupfer, aber er ließ sich nichts anmerken. Er fühlte sich durch Judiths Mitgefühl beschämt. Sie schimpfte nicht, sie jammerte nicht, sie stellte keine Fragen, sie schaute ihn nur wortlos an. Er wich ihrem Blick aus, wollte ihr nicht in die Augen schauen, die sich mit Tränen füllten.

Eine Weile standen sie so beieinander, als Bodo eine Stimme hinter sich sagen hörte:

„Oh, Entschuldigung, ich störe wohl!"

Bodo fuhr zusammen. Es war Anitas Stimme! Sie waren für heute abend verabredet, er hatte es ganz vergessen. Sie war gekommen, um ihn abzuholen. Es sollte eine Überraschung sein. Die war ihr gelungen, einen besseren Zeitpunkt hätte sie nicht wählen können.

Bodo drehte sich zu Anita um.

„Mein Gott, was ist mit deinem Gesicht passiert!" rief sie bestürzt aus, als sie Bodo ansah. „Was geht hier überhaupt vor?"

„Ja", sagte Judith, die einen Schritt zurückgetreten war, „das möchte ich auch gern wissen."

Bodo schaute Anita und Judith an und suchte verzweifelt nach passenden Worten, fand aber keine. Das alles war viel zu plötzlich für ihn gekommen. In seiner Ratlosigkeit sagte er:

„Zum Teufel, rutscht mir doch den Buckel runter."

Und dann ließ er die beiden einfach stehen, lief zum gegenüberliegenden Zooausgang und verschwand durch die dortige Drehtür.

IV

Bodo war nach Hause gegangen, hatte die Tür hinter sich zugeschlagen, wollte nichts mehr hören und sehen von dieser Welt, die so unbarmherzig war.

Er holte einen Stuhl und setzte sich vor sein Terrarium, um zu vergessen.

Seine drei Sandrasselottern hatten sich fast vollständig im Sand vergraben, so daß gerade noch ihre Nasenöffnungen und Augen hervorschauten und sie auf den ersten Blick nicht auszumachen waren, ja, man zweifelte, ob sie überhaupt da waren.

Bodo beugte sich vor und schob mit der Hand das Fliegengitter, das oben auf dem Terrarium ruhte, ein wenig beiseite. Dann bückte er sich nach einer Blechbüchse zu seinen Füßen, hob sie hoch und nahm den Deckel ab. Drei Mäuse, eine graue und zwei weiße, kauerten auf dem mit Sägespänen gepolsterten Boden der Büchse. Bodo packte mit Zeigefinger und Daumen das graue Mäuschen am Schwanz, zog es aus der Büchse und musterte es eingehend, bevor er es durch den Spalt, der durch das Verrücken des Fliegengitters entstanden war, in das Terrarium fallen ließ. Das Mäuschen landete recht unsanft unten im Sand.

Die Schlangen, die ganz in ihrer Nähe die Erschütterung wahrnahmen, die das herabplumpsende Mäuschen verursacht hatte, begannen eifrig zu züngeln, krochen aus ihrem Versteck und waren nun in ihrer vollen Größe zu sehen.

Bodo rückte mit dem Stuhl näher an das Terrarium heran.

Das Mäuschen hatte sich inzwischen von seinem ersten Schrecken erholt und putzte sich mit den Pfötchen
das Gesicht. Frischen Mutes schickte es sich an, seine
Gefährten zu suchen, denn wo sie waren, da war auch
das Nest, und wo das Nest war, da waren Sicherheit und
Geborgenheit. Aber fremd und ahnungslos wie es war,
kam es bei dem Versuch, die neue Umgebung zu erkun-
den, nicht weit. Mit einem Luftsprung, an den sich eine
Bauchlandung anschloß, beendete es schon nach wenigen Schritten seine Entdeckungsreise. Seine Beinchen
zappelten in der Luft, und unter dem Fell konnte man
das kleine Herz heftig und unregelmäßig schlagen sehen.
Doch nicht lange, und die ruckartigen Bewegungen des
Mäuschens wurden schwächer. Noch einmal strampelte
es mit den Beinchen, wurde es wie von Krämpfen ge-
schüttelt, dann entspannte sich der kleine Körper, bis er
sich schließlich gar nicht mehr rührte. Starr und steif lag
das Mäuschen auf dem Rücken, war buchstäblich mau-
setot und wurde bald darauf von einer der Sandrasselottern verschlungen, deren Biß es zum Opfer gefallen
war.

Bodo holte eines der weißen Mäuschen aus der
Büchse, hielt auch dieses über den Spalt, um es den
Schlangen zum Fraß vorzuwerfen, zögerte aber.

So aus nächster Nähe das Töten und Verschlingen
einer kleinen Maus mitanzusehen, die Backen heiß von
Schlägen, begann in Bodo ein Unbehagen aufzusteigen.
Der Gedanke, daß auch dieses Mäuschen, sobald er es
losließe, in Kürze vergiftet und verschluckt sein würde,
erfüllte ihn mit Widerwillen.

Er hatte gehofft, seinen Kummer zu vergessen, wenigstens so lange, wie er damit beschäftigt war, seine

Schlangen zu füttern, so wie sie ihn immer in ihren Bann gezogen hatten, wenn sie ihre Beute vor seinen Augen töteten und fraßen. Aber das Gegenteil war nun der Fall. Nicht nur waren Ablenkung und Entspannung ausgeblieben, das tote Mäuschen erinnerte ihn auch mit Nachdruck an sein eigenes Schicksal.

Fast war es so, als wäre es nicht das Mäuschen gewesen, sondern er, der im dunkeln tappte, einsam und verlassen, ausgeliefert einer finsteren Macht, die mit Vernichtung drohte, im Verborgenen lauernd, bis sie zuschlug, urplötzlich, und einen verschlang. Eben noch war man wohlauf und guter Dinge, voller Zuversicht und voll von Plänen, fest verwurzelt in der Erde wie ein Baum, dem stärksten Sturme trotzend. „Auf, auf", raunte es einem zu, „eine Welt ist zu gewinnen. Nur zu. Daß alles vergänglich ist, was kümmert es dich. Mögen die Gestirne auch dereinst verlöschen, du stirbst nie und nimmer, du lebst ewig." Wer hörte das nicht gern. Jedoch, ehe man begriff, daß man ein welkes Blatt war, hatte einen der Wind fortgeweht.

So ähnlich waren die Gedanken, die Bodo bedrückten und ihn veranlaßten, das Mäuschen zurück in die Büchse zu setzen und, bevor er sie verschloß, sich zu vergewissern, ob der Deckel auch ausreichend mit Luftlöchern versehen war.

Freilich, er lebte noch. Aber für seine Kollegen war er so gut wie tot. In ihren Augen war er erledigt, war er ein Nichts, ein Niemand. Er war nicht nur von Willi Bebel verachtet, sondern von allen Männern und Frauen im Betrieb, ohne deren Achtung er am Arbeitsplatz nicht bestehen konnte. Jeder Grünschnabel würde mehr Ansehen genießen als er und sich weigern, ihm auch nur einen Besen zu reichen. Selbst der Geringste im Betrieb, der eines Makels wegen, für den er nichts konnte, von jedem aufgezogen wurde und an dem, vom Direktor bis hinunter zum gewöhnlichen Lehrling, jeder unbeschadet sein verhemmtes und verklemmtes Mütchen kühlen durfte, weil er sich nicht zu wehren vermochte, selbst von diesem Hanswurst war zu befürchten, daß er ihm frech ins Gesicht lachte.

Angesichts der zu erwartenden Demütigungen hielt es Bodo für einen schwerwiegenden Fehler, sich Willi Bebel nicht mit geballten Fäusten entgegengestellt zu haben. Sich verprügeln zu lassen, anstatt davonzulaufen, in der Hoffnung, man würde ihm dies als Tapferkeit anrechnen, erwies sich im nachhinein als falsch. Damit hatte er nur bewiesen, daß er ein schlechtes Gewissen hatte. Daß er nichts zu seiner Verteidigung unternommen hatte, würde als Eingeständnis seiner Schuld ausgelegt werden. Er hätte zurückschlagen sollen, auch auf die Gefahr hin, zu Mus zerstampft zu werden, dann wäre ihm wenigstens die Schande erspart geblieben, vor den anderen als Feigling dazustehen. Besser, er wäre mit fliegenden Fahnen untergegangen, als sich bis auf die Knochen zu blamieren. Er hatte sich der Lächerlichkeit preisgegeben, und daran war nichts mehr zu ändern.

Zum ersten Mal in seinem Leben sah Bodo keinen Ausweg mehr. So gar keine Aussicht auf Vergebung seiner Sünden hatte nicht einmal bestanden, als man ihn des Diebstahls überführte und vor seinen Kollegen bloßstellte. Stehlen verstieß zwar gegen die geltenden Normen, andererseits aber gehörte dazu eine Portion Kaltschnäuzigkeit, die die meisten heimlich bewunderten, und darum waren diejenigen, die ihm die kalte

Schulter zeigten, in der Minderheit gewesen. Aber selbst jene, die ihn tadelten, hatten sich doch immerhin mit ihm auseinandergesetzt. Mit seinem Rekord im Liegestütz schließlich hatte er wieder an Achtung gewonnen. Der Diebstahl des Spendengeldes war allmählich in Vergessenheit geraten.

Doch was sollte er jetzt tun? Er konnte sich eine andere Arbeit suchen. Zementsäcke schleppen oder Mülltonnen auskippen. Eine verlockende Perspektive. In seinem früheren Beruf könnte er es wieder versuchen. Aber auf seinem alten Posten saß jetzt ein anderer, da brauchten sie keinen wie ihn, der aus dem Rennen war. Es gab genug Bademeistergehilfen. Auf jede freie Stelle kam ein Dutzend Bewerber, die alle nur darauf warteten, daß ihnen ein dahergelaufener Tierfritze einmal vormachte, wie auf der Brust geschwommen wird. Also doch Steine karren oder Löcher buddeln oder irgendeine andere schlechtbezahlte Dreckarbeit in einer nichtswürdigen Knochenmühle. Wenn man ihn überhaupt einstellte. Denn wohin er auch ginge, um eine Anstellung zu finden, seine Vergangenheit würde ihn auf Schritt und Tritt verfolgen. Überall würde sein Zeugnis verlangt werden, in jedem Marktflecken und Krähwinkel dieses Landes.

Bodo neigte sich zur Seite und langte nach einer Kognakflasche, die auf einem Teewagen stand. Sie war ungefähr halb voll. Er zog den Korken aus der Flasche und nahm einen tüchtigen Schluck. Der Kognak war von minderer Qualität und brannte wie Feuer in seinem Hals. Trotzdem genehmigte er sich noch einen. Dann verkorkte er die Flasche und stellte sie unter sich auf den Fußboden.

„Verdammt", sagte er mit heißerer Stimme, „verdammt und zugenäht. Irgendein Weg muß es doch geben, der rausführt aus diesem Sumpf."

Wenn er wenigstens noch einen Rückhalt in Anita und Judith gehabt hätte. Aber er konnte es sich an den fünf Fingern abzählen, daß er für beide gestorben war. Er hatte ein unehrliches Spiel mit ihnen gespielt, und das wußten sie jetzt. Keinen vertrockneten Pfifferling wäre er ihnen mehr wert.

Er konnte es drehen und wenden wie er wollte, es lief immer auf dasselbe hinaus: Er war ein toter Mann.

Der Gedanke, von allen Menschen, die ihm etwas bedeuteten, wie ein wandelnder Leichnam behandelt zu werden, wurde ihm so unerträglich, daß er glaubte, es sei besser, gleich richtig zu sterben. Doch seinem Dasein selbst ein Ende zu machen fiel ihm schwer. Dafür hing er viel zu sehr am Leben. So niedergeschlagen er auch war, sein Lebenswille war zu stark, um zuzulassen, daß er seinen Tod herbeiführte.

Dennoch fand er im Gedanken an das Sterben eine Lösung, die er für gut und die einzige hielt, die Lage, in die er geschlittert war, zu ändern.

Er dachte: In die Schläfe die Mündung eines Revolvers drücken und ein Loch durch den Schädel schießen, aus dem vierten Stock zum Fenster hinausspringen, von einem Dachbalken herab an einer Wäscheleine hängen, einen Liter Kupfervitriol durch die Gurgel spülen, das alles muß ich ja nicht tun. Ich brauche mich überhaupt nicht umzubringen auf diese oder jene Weise. Was habe ich denn davon, wenn ich tot bin? Von den gold- und silberverbrämten Seidenschleifen und den zusammengeschnürten Tannenzweigen, die man über mir auf die

Erde legt, kann ich mir nichts mehr kaufen, wenn ich erst einmal meinen letzten Seufzer ausgestoßen habe und still vor mich hinfaule. Was nutzen mir die schönsten und dicksten Tränen, die meinetwegen vergossen werden?

Es ließe sich freilich so einrichten, daß mir eine Kugel durch den Kopf saust, ohne allzu großen Schaden anzurichten, oder mir der Magen rechtzeitig ausgepumpt wird, oder das Seil, an dem ich zappele, reißt, oder vor dem Haus gerade ein Lastwagen mit elastischem Verdeck parkt, der den Sturz auffängt, wenn ich aus dem Fenster springe. Aber so genau ist das nun auch wieder nicht zu berechnen, daß man am Ende nicht doch auf dem Friedhof landet. Auf jeden Fall ist die Wahrscheinlichkeit groß, daß man als Krüppel endet, auch wenn die Berechnung stimmte. Man könnte es mir ferner als Fahnenflucht auslegen, wenn ich mich so mir nichts, dir nichts aus dem Leben stehle, statt mich mit spitzen Ruten traktieren zu lassen. Und wenn ich nicht auf der ganzen Linie auskneife, sondern auf halbem Wege kehrt mache, dann muß ich es doppelt und dreifach büßen.

Am Auspuff eines Autos schnüffeln, während der Motor läuft, und hoffen, daß mich jemand findet, bevor meine Lungen vollends verräuchert und verpestet sind, nein, das lasse ich schön bleiben. Ich habe ja auch gar kein Auto und wüßte auch nicht, wo ich so schnell eins hernehmen sollte. Aber giftige Schlangen, die müßte ich mir nicht erst besorgen.

Die Sache ist im Grunde ganz einfach. Ich strecke meinen Arm ins Terrarium und fuhrwerke mit der Hand vor den Schlangen herum, ganz dicht und nah. Mehr brauche ich gar nicht zu tun, alles Weitere kommt von selbst. Es wird sich unter den Schlangen ja wohl eine finden, die mich beißt. So viel Erbarmen mit mir wird das Schicksal doch haben.

Wenn ich eine gewischt kriege, wird man glauben, es sei ein Unfall gewesen. Jeder, der mich kennt, weiß ja, wie leichtfertig ich umgehe mit meinen Schlangen, und wird seine Befürchtungen bestätigt sehen und sagen, daß es eines Tages ja soweit kommen mußte, weil diese giftverspritzende Teufelsbrut nun einmal unter sicheren Verschluß gehöre. Es wird heißen: ‚Wie oft schon haben wir vor ihm ein dickes rotes Licht geschwenkt und ihn gewarnt, daß er mal eine verpaßt bekommt, wenn er weiter so mit der nackten Haut vor den Giftkröten herumwackelt. Aber ebensogut hätte man einem morschen Holzklotz predigen können, sowenig hat er auf unsre Warnungen gehört. Da, nun hat es ihn erwischt. Wollen mal fleißig die Daumen drücken, daß ihn der Sensenmann nicht beim Wickel packt und mit sich nimmt.‘ Denen wird angst und bange, wenn es so aussieht, als kratze ich ab. Aber nur keine Sorge, ich springe dem Totengräber beizeiten von der Schippe.

Was soll auch schon groß passieren? Im Zoo, genauer in der Reptilienabteilung, da steht ein kleines Fläschchen, darin ist ein Gegengift. Das braucht nur abgeholt zu werden, und dann nichts wie reingespritzt das Zeug. Da kann gar nichts schiefgehen, wenn man ein Serum hat. Das bißchen Schlangenbiß, das ist doch nichts. Es ist viel wahrscheinlicher, von einem Möbelwagen plattgewalzt zu werden, als daß man von einer Kreuzotter abserviert wird, das ist ja nun wahrhaftig in all den Büchern über Schlangen, die ich gelesen habe, lang und breit beschrieben. Darf gar nicht gleich zur Apotheke flitzen, sonst schreibt der Doktor mich erst gar nicht krank und alles war umsonst. Muß abwarten, bis die Soße so richtig einmal durchgesaust ist durch meinen Körper. Wird wohl reichen, um einen Finger zu verlieren.

Ins Terrarium blickend, tastete Bodo unter sich nach der Kognakflasche, bekam sie am Hals zu fassen, hob sie hoch und hielt sie vor sich gegen das Licht, um nachzuschauen, wieviel Kognak sich noch in ihr befand. Nachdem er sich überzeugt hatte, daß der Inhalt ausreichte für einen gediegenen Rausch, ging er daran, die Flasche Zug um Zug zu leeren. Als dies geschehen war und er sich genügend Mut angetrunken hatte, setzte er sein Vorhaben in die Tat um. Im Vertrauen auf die Bücher, die er gelesen hatte, in denen die Rede war von der verhältnismäßig geringen Wahrscheinlichkeit, von einer Giftschlange gebissen zu werden, und daß im Falle eines Bisses geeignete Impfstoffe gute Überlebenschancen bieten, nahm Bodo das Fliegengitter vom Terrarium, krempelte den rechten Hemdsärmel hoch und hielt seinen entblößten Unterarm den Sandrasselottern hin.

Nun ist das mit Büchern so eine Sache. Da beschäftigen sich gelehrte Leute tage- und nächtelang, Woche für Woche, Monat um Monat, ja über Jahre mit einem Thema, lesen Zeitschriften und Broschüren, blättern in dicken Wälzern, ziehen Berge einschlägiger Literatur heran, und dann setzen sie sich an ihren Schreibtisch, kauen auf einem Bleistift und verwenden noch einmal soviel Zeit darauf, ihre Studien zusammenzufassen, Schlüsse daraus zu ziehen, bis sie endlich das Ergebnis zu Papier bringen und in einem Buch veröffentlichen, dem zu entnehmen ist, daß ein erwachsener Mensch den Turm des Straßburger Münsters überspringen müßte, wollte er so hoch hüpfen wie ein gewöhnlicher Floh, verglichen mit dessen Körpergröße und Sprungleistung. Diese Erkenntnis nützt einem Floh nichts. Aber dafür ist es die reine Wahrheit. Es ist eine Tatsache, die allen Anfechtungen standhält, und nicht einmal die katholische Kirche, die schon ganz andere Tatsachen bestritten hat, kann sie leugnen, ohne sich, selbst vor frommen Christen, lächerlich zu machen.

Ebenso wahr ist die Behauptung, daß in New York durch Gewalttaten mehr Menschen zu Tode kommen als im afrikanischen Busch durch Löwen. Das kann jeder, der in der Wildnis Afrikas unterwegs ist, nachprüfen. Man sollte getrost seinem Wunsch folgen, aus seinem Fahrzeug steigen und sich für eine Gruppenaufnahme neben ein Löwenrudel stellen. Die Löwen werden ihre helle Freude haben, einmal zusammen mit einem leibhaftigen Menschen auf ein Photo zu kommen, statt immer nur allein abgelichtet zu werden oder mit einem zähen Zebra, an dem sie herumkauen. Den Leuten, die schreiben, daß es ungefährlicher sei, unter Raubtieren zu weilen, als in New York nachts durch den Central Park zu spazieren, ohne die Unterstützung schwerer Artillerie, kann man dann per Luftpost bestätigen, daß die Straßen einiger Weltstädte, vor allem bei Nacht, ein heißes Pflaster sind, und sich die Verhältnisse in einem Dschungel dagegen harmlos ausnehmen – sofern die Löwen etwas von einem übriggelassen haben und man sich nicht auf einer längeren Reise befindet, auf der man leider nicht mehr überprüfen kann, was geschieht, wenn man sich beim Karneval in Rio unter die

Tanzenden mischt und mit Hundertdollarnoten in der Luft herumwedelt.

Nichts anderes verbirgt sich hinter der Behauptung, daß in der Welt jährlich mehr Menschen durch Autounfälle als durch Schlangenbisse ums Leben kommen. Das macht Schlangen ja auch so sympathisch und das Auto so unbeliebt.

Es gehört schon viel Glück dazu, um überhaupt auf eine Schlange zu treffen. Macht man bei einer dieser seltenen Gelegenheiten Bekanntschaft mit einem Giftzahn, dann freilich ist sofort mit Blaulicht das nächste Hospital aufzusuchen, wo immer eine Ampulle mit dem entsprechenden Gegengift bereitliegt, das Abhilfe schafft, sobald es durch eine Injektion in die Blutbahn gelangt. Danach heißt es, ruhig abzuwarten, und nach wenigen Stunden darf man wieder nach Hause und kann im Kreise seiner Angehörigen die Genesung mit ein paar Flaschen Sekt begießen. Bei einem Zusammenstoß mit einem Sattelschlepper jedoch gibt es kein wirksames Gegenmittel.

Nun kann natürlich der überaus seltene Fall eintreten, daß die Begegnung mit einer Schlange in einer einsamen und abgelegenen Gegend stattfindet, da sich Schlangen ja nicht immer in der Nähe eines Krankenhauses aufhalten, und gerade ist kein Schlangenserum zur Hand, und von der Stelle, wo man sich begegnet ist, bis zur nächsten Krankenstation ist es ein Fußmarsch von hundert Meilen mitten durch dichten Urwald. Oder es besteht gewissen Stoffen gegenüber eine Überempfindlichkeit, so daß die Wirkung des Schlangengiftes verstärkt wird, und das Serum wirkt kein bißchen. Oder in der ersten Aufregung läuft man nervös hin und her, oder man verfällt auf die Idee, auf den Schrecken erst einmal einen zur Brust zu nehmen, wodurch Kreislauf und Gift so recht in Schwung kommen. Vielleicht hat die Schlange auch eine Zeitlang gefastet und so viel Gift gespeichert, daß es ausreicht, zehn große und gesunde Elefanten auf Himmelfahrt zu schicken.

Aber wie gesagt, solche Fälle sind nicht häufig, und wenn sie doch einmal vorkommen, dann kann man sich damit trösten, daß man eine seltene Ausnahme darstellt und wenigstens dieses eine Mal herausgetreten ist aus der breiten Masse, wenn man schon sonst im Leben nie etwas Besonderes war. Normalerweise hat man bei einem Schlangenbiß diesen Vorzug nicht. Wie auch immer, vor einem Automobil muß man sich sehr viel mehr in acht nehmen.

Das Leben ist reich an Wahrheiten und nicht alle stehen auf Papier. Daß laut Statistik nur jeder Millionste das Pech hat, einen zufällig von einem Balkon herabfallenden Blumentopf mit dem Kopf aufzufangen, hilft demjenigen wenig, der dieses Pech hat und mit seinem Kopf den Fall eines Blumentopfes bremst. Zu dieser Erkenntnis gelangte Bodo, ohne lange überlegen zu müssen. Im Augenblick fehlte ihm auch die philosophische Ruhe, die nötig gewesen wäre, um über den Wert von Statistiken nachzudenken. Er verglich den Inhalt der Bücher, die er gelesen hatte, nicht mit seinem jetzigen Zustand. Dazu war er nicht in der Lage. Der stechende Schmerz, der ihm den Atem nahm, ließ keinen Gedanken in ihm aufkommen. Und doch war es gerade dieser Schmerz, der ihn mit aller Eindringlichkeit den Unterschied zwischen dem geschriebenen Wort und der Wirklichkeit fühlen ließ. Wäre es ihm möglich gewesen, nur einen einzigen klaren Gedanken zu fassen, er würde in einem feierlichen Schwur hoch und heilig versprochen haben, nie wieder die Lösung seiner Probleme einer Giftschlange anzuvertrauen.

Der Sandrasselotter, die ihn gebissen hatte, war kein Vorwurf zu machen. Sie hatte gar keine andere Wahl gehabt, als zuzubeißen. Bodos Hand hatte sich ihr unaufhaltsam genähert, ungeachtet des bedrohlichen Zischens und Rasselns, das sie als Warnung von sich gab. Sie hatte sogar versucht, seiner Hand zu entkommen. Zum Teil war es ihr auch gelungen, aber an der Glasscheibe hatte ihre Flucht ein Ende. Die Hand hatte jedoch nicht aufgehört, sie zu verfolgen, und sie schließlich berührt. Sie war herumgefahren und hatte ihre nadelspitzen Zähne in einen der Finger geschlagen.

Da der Schmerz so stark war, daß er nicht die Kraft zum Denken und Sprechen aufbrachte, war Bodo auch außerstande, auf die Bücher zu fluchen, in denen von Schmerzen nach einem Schlangenbiß nicht die Rede war. Der einzige Laut, den er herausbrachte, war ein langgezogenes „Ah!". Aber selbst dieser simple Schmerzensschrei, den er mehrmals ausstieß, war ihm nicht sogleich über die Lippen gekommen. Nachdem ihm die Giftzähne wie zwei glühende Nadeln ins Fleisch gedrungen waren, war er sekundenlang wie gelähmt gewesen. Dafür stöhnte, wimmerte, röchelte und keuchte er jetzt um so mehr.

Mit der Linken sein rechtes Handgelenk umklammernd, lief Bodo im Zimmer auf und ab. Alle paar Schritte blieb er stehen, trat von einem Fuß auf den andern und preßte, sich krümmend und windend, beide Hände hilflos in den Schoß. So lief er eine Weile hin und her. Dann, als der Schmerz etwas nachließ und er sich von dem ersten Schrecken erholt hatte, sank er erschöpft auf das Sofa.

Sein Atem ging schwer. Kalter Schweiß trat ihm auf die Stirn. Er warf einen Blick auf seine rechte Hand. Der Zeigefinger war dick geschwollen, und die Stelle, an der die Giftzähne eingedrungen waren, war scharlachrot. Ringsum hatte sich die Haut schwarzblau verfärbt, mit grauen und schwefelgelben Rändern, so als wäre der Finger unter einen Hammer geraten. Am äußeren Rand war nur eine leichte Rötung zu sehen. Aber die Verfärbung der Haut nahm insgesamt zu und breitete sich, graublaue Streifen durch die Adern voranschickend, über die Hand zum Arm hin aus.

Erst jetzt, beim Betrachten seines faulenden Fleisches, kam Bodo zum Bewußtsein, was für eine dicke Suppe er sich hier eingebrockt hatte. Er dachte, daß es doch sehr dumm von ihm gewesen sei, seine Gesundheit so fahrlässig aufs Spiel zu setzen. Er hätte seine Schlangen besser nicht in seine Pläne mit einbeziehen sollen, dann würde er jetzt nicht solche Schmerzen zu ertragen haben und nicht mit ansehen müssen, wie sich das Gift durch seinen Körper fraß. Aber wenn das Schicksal erst einmal in Bewegung gekommen ist, dann läßt es sich nicht einfach zurückpfeifen wie ein gehorsamer Hund. Das Gift steckte in seinem Körper und machte seinem Namen alle Ehre. Es arbeitete sich immer weiter voran und setzte ihm arg zu.

Da hörte zum Beispiel sein Herz auf zu schlagen. Er erschrak und horchte in sich hinein. Vielleicht täuschte er sich und es schlug noch? Aber er vernahm nichts. Er fühlte unwillkürlich seinen Puls. Auch nichts. Er versuchte, mit einer Willensanstrengung sein Herz wieder in Gang zu bringen. Es half nichts. Er probierte es mit Gewalt, indem er sich mit der Faust auf die Brust trommelte. Nichts, nichts.

Über seine inneren Organe hatte Bodo bisher noch nie nachgedacht. Wenn er einer Straßenbahn hinterhergerannt oder bei flotter Musik über die Tanzfläche gewirbelt war, da hatte er seinen Herzschlag schon einmal bewußt wahrgenommen. Aber daß er sich Gedanken darüber gemacht hätte, welch komplizierte Konstruktion sich hinter seiner Brust verbarg, nein, das hatte er nicht. Das Schlagen seines Herzens war für ihn immer etwas Selbstverständliches gewesen, so wie die Sonne im Osten auf- und im Westen untergeht oder nachts die Sterne am Himmel stehen. Aber nun, da er seinen Puls nicht mehr spürte, wurde ihm klar, daß ein intaktes Herz keine Selbstverständlichkeit ist, wie er bisher angenommen hatte. Er hätte alles dafür gegeben, wenn sein Herz wieder geschlagen hätte.

Verzweifelt rang er nach Luft, denn auch mit dem Atmen wollte es nicht mehr klappen. Seine Lungen hatten sich seinem streikenden Herzen angeschlossen und versagten ihm ebenfalls den Dienst. Nicht anders war es mit seinem Blutdruck: Er schien ins Bodenlose zu sinken. Es wurde ihm schwarz vor Augen. Das ist das Ende, dachte er. Aber gerade, wie er zu sich sagte, daß es nun aus mit ihm sei, da auf einmal fing sein Herz wieder an zu schlagen, pochte wie wild, als wollte es zerspringen. Ebenso war es mit seinem Blutdruck: Er schien ins Unermeßliche zu steigen. Und auch die Lungen holten ihren Rückstand auf und brachten die Atmung auf volle Touren. Bald wurde ihm kalt, daß es ihm vorkam, als treibe er nackt auf einer Eisscholle im Polarmeer, bald wurde ihm heiß, daß er glaubte, er habe den Vorhof zur Hölle bereits erreicht. Mal sehnte er den Tod herbei, damit er ihn von seinen Leiden erlöse, mal ging es so wirr in seinem Kopf zu, daß er nicht mehr wußte, wo oben und wo unten war. Dann wieder gab es Augenblicke, wo Gedanken auf ihn zukamen, die ihm klug und bedeutsam erschienen, und er sich wunderte, daß er in dieser Situation noch so nüchtern und klar zu denken vermochte.

Merkwürdig, dachte er, wie der Schmerz die Sinne verwirrt. Er denkt ans Sterben, um im Tod Erlösung zu finden, während er sich doch im Grunde mit Mauerhaken ans Leben klammert. Kummer und Pein lassen die Dinge in einem ganz andern Licht erscheinen. Sein Terrarium beispielsweise. Es war immer sein ganzer Stolz gewesen. Was für Echsen hatte er darin nicht schon beherbergt! Einige von ihnen waren nur schwer zu beschaffen gewesen und noch schwerer zu halten, von der Kunst, sie zur Fortpflanzung zu bringen, ganz zu schweigen. Mit irgendeiner Besonderheit konnte er immer aufwarten. Seine Sandrasselottern etwa, war das nichts! Man beneidete ihn deswegen. Aber was ist davon geblieben? Allein der Anblick seines Terrariums genügt, daß ihm schlecht wird. Genauso ergeht es ihm mit dem Zebrafell, das über dem Sofa an der Wand hängt, mit der Ansichtskarte auf dem Tisch, die ihm ein Freund kürzlich aus dem Urlaub geschickt hat, mit der Sammlung seltener Vogeleier in der Vitrine, den Schallplatten auf dem Regal, dem Plattenspieler, dem Radio, dem Fernseher. Wohin er auch schaut: alles ekelt ihn an.

Was für sonderbare Gedanken er doch hat. Jetzt

fängt er auch noch an, über seine eigenen Gedanken nachzudenken. Er denkt, was ihm für seltsame Gedanken durch den Kopf gehen, und kaum hat er dies gedacht, da denkt er auch schon wieder über diesen Gedanken nach und so weiter.

Er erinnerte sich an ein Bild, das er als Kind auf einer Kakaodose gesehen hatte. Auf der Vorderseite der Dose, unter dem Markennamen, war eine Frau abgebildet, die auf einem Tablett eine Tasse und eine Kakaodose trug, auf der wieder die gleiche Szene zu sehen war: Frau, Tablett, Tasse, Dose und so fort. Durch diese ständige Wiederholung des Motivs wurden die einzelnen Bilder immer kleiner, je weiter sie in den Hintergrund rückten. Um das letzte Bild erkennen zu können, mußte man die Kakaodose ganz nahe vor die Augen halten, aber trotzdem sah man zuletzt nur noch ein buntes Gekritzel, weil für das Motiv nicht mehr genügend Platz zur Verfügung stand.

Mit seinem Denken ist es genauso wie mit diesem Bild, dachte Bodo. Ein Gedanke befaßt sich mit dem anderen, jeder nachfolgende mit dem vorangegangenen, der jeweils ein und derselbe ist. Er ist erstaunt über seine Gedanken und staunt über sein Staunen. So kann er, ohne auf einen neuen Gedanken zu stoßen, immerzu weiterdenken, bis zur völligen Erschöpfung.

Das ist ein erstes Anzeichen von Wahnsinn, schoß es ihm durch den Kopf. Kein Zweifel, ich bin drauf und dran überzuschnappen. Ich muß schleunigst einen Arzt aufsuchen und mich behandeln lassen, bevor ich total durchdrehe. Jetzt auf, und ein Taxi gerufen, in den Zoo gefahren, das Serum geholt, und dann nichts wie in ein Krankenhaus! Wo ist es denn überhaupt, das Telephon?

Auf der Kommode, wo es hingehört, ist es nicht. Muß es aus Versehen heruntergestoßen haben, als ich vorhin im Zimmer auf und ab ging. Ja, es ist runtergefallen, da unten auf dem Fußboden liegt es. Ich will es holen. Er rappelte sich schwerfällig auf. Merkwürdig, dachte er, warum ist es denn auf einmal so dunkel? Nur in der Küche brennt noch Licht. Ob eine Sicherung herausgeflogen ist? Sicher, es ist ein Kurzschluß. Ausgerechnet jetzt. Er schleppte sich in den Flur, wo der Sicherungskasten war. Gut, daß hier immer ein paar Sicherungen in Reserve liegen, sagte er sich erleichtert, als er die scheinbar schadhafte Sicherung durch eine neue ersetzte. Aber als die Sicherung ausgewechselt war, wurde es kein bißchen heller. Er ging zurück ins Wohnzimmer und drückte dort auf den Lichtschalter, weil er glaubte, er habe die Zimmerlampe vielleicht beim Herausgehen versehentlich ausgeschaltet. Aber jetzt stand er völlig im Dunkeln. An der Sicherung liegt es nicht, daß es so dunkel ist, stellte er erschrocken fest. Das Licht war die ganze Zeit über an gewesen. Sein Augenlicht schwindet, das ist der Grund für die Dunkelheit. Nein, doch nicht, was redet er sich bloß für dummes Zeug ein. Eben sieht er ja wieder. Aber warum zum Teufel ist das Licht auf einmal so grell, daß es ihn blendet und er die Augen zukneifen muß? Und da sind ja plötzlich acht Stühle, wo vorher nur vier waren, und zwei Tische und zwei Telephone, alles in doppelter Ausführung. Welches Telephon nimmt er denn nun, das linke oder das rechte? Er entschied sich für das linke, kniete sich nieder und kroch zu der Stelle, wo er das Telephon vermutete. Aber hier, auf der linken Seite, war es nicht, sondern da war nur ein Tischbein, an dem er sich den Kopf stieß. Also mußte sich das Telephon zu seiner Rechten befinden. Tatsächlich, da war es.

Auf dem Boden hockend, das Telephon auf seinem Schoß, versuchte Bodo ein Taxi zu rufen. Doch so leicht, wie er sich das vorstellte, war das nicht. Da er alles doppelt sah, so erblickte er auch die Wählscheibe und seinen Finger, der sie betätigte, zweifach. Wenigstens hatte er die Telephonnummer der Taxizentrale im Kopf. Das erleichterte die Sache ein wenig. Endlich hatte er die Nummer gewählt, das Freizeichen ertönte, die Verbindung war hergestellt. Nun kann nichts mehr schiefgehen, dachte er. Gleich wird sich eine freundliche Stimme melden, er nennt seinen Namen und seine Adresse, dann werden sie ihm einen Wagen direkt vor die Haustür schicken. Wie war noch gleich seine Adresse? Das ist doch nun gar zu dumm, sie ist ihm entfallen! Wie ist das nur möglich, daß er sich nicht an sie erinnern kann? Er konnte sie doch im Schlaf aufsagen.

„Wie soll ich denn ein Taxi rufen, wenn ich nicht meine Adresse weiß?" murmelte er und schlug sich ein paar Mal mit der flachen Hand gegen die Stirn, um seinem Gedächtnis auf die Sprünge zu helfen. „Herrgott noch mal, wie heißt denn die Straße? ... Burger Straße? ... Berger Straße? ... Quatsch. Burgstraße. Und die Hausnummer? ... Siebzehn? ... Siebenundzwanzig? ... Natürlich, Burgstraße siebenundzwanzig! Nein, zweiundsiebzig." Er atmete auf, das war seine Adresse.

Durch ständiges Wiederholen des Straßennamens und der Hausnummer versuchte er, sich die Adresse einzuprägen, denn er fürchtete, sie abermals zu vergessen. Mit Vorbereitungen für einen Krankenhausaufenthalt hielt er sich verständlicherweise nicht auf. Ob die grünen oder die roten Pantoffel mitzunehmen sind, mit diesem Problem mag sich eine alternde Filmdiva befassen, die sich entschlossen hat, eine Privatklinik aufzusuchen, um sich von den Mundwinkeln bis zu den Ohren das mürbe Leder mit Zwirnsfaden straff ziehen zu lassen, damit ihr verlebtes Gesicht nicht länger in Falten liegt wie das ihrer chinesischen Schoßhunde. Denn sie hat Muße im Überfluß und kann, bevor sie in Behandlung geht, in Ruhe ihre Vorkehrungen treffen. Sie denkt: ‚Ich werde meinem Chauffeur sagen, er soll in zwei Stunden mit dem Wagen hier sein. Will rasch noch ein Bad nehmen. Dann muß ich mir auch noch einen hübschen Morgenrock herauslegen, und Nagellack und Lippenstift darf ich auch nicht vergessen. Ob ich die Modezeitschriften abbestelle? Besser, ich lasse sie mir nachschicken, dann habe ich wenigstens Lektüre für die langen Nächte. Oh, fast hätte ich es vergessen, den Termin bei meinem Friseur muß ich absagen. Oder soll ich mir schnell noch eine frische Frisur zulegen? Vielleicht mache ich in der Klinik eine nette Bekanntschaft, da wären neue Dauerwellen von Vorteil. Am besten, der Chauffeur kommt sofort mit dem Wagen und bringt den Friseur gleich mit.'

Solche Sorgen plagten Bodo nicht. Er saß noch immer zusammengekauert auf dem Fußboden, den Telephonhörer am Ohr, und murmelte unablässig seine Adresse vor sich hin. Noch hatte sich niemand auf seinen Anruf gemeldet.

„In drei Teufels Namen, warum nimmt denn da keiner ab!" rief er aus. Lange hält er nicht mehr durch. Er geht langsam, aber sicher vor die Hunde, wenn nicht bald etwas geschieht.

Da endlich meldete sich jemand.

„Was? ... Wer? ... Meier?" rief Bodo aufgeregt. Dann legte er enttäuscht auf. Falsch verbunden. Ob er sich verwählt hat? fragte er sich. Oder war die Nummer verkehrt? Aber egal, ob ihm nun sein Gedächtnis einen Streich gespielt hatte oder ihm beim Wählen ein Fehler unterlaufen war, eine Frau Meier wollte er jedenfalls nicht sprechen, soviel war sicher. Er mußte es noch einmal versuchen und nahm sich vor, es diesmal besser zu machen.

Die ganze Prozedur begann von vorn. Vor ihm alles doppelt, bei jeder Zahl die Angst, es könnte die falsche sein, und dabei seine Adresse im Kopf behalten. Aber er schaffte es. Er bekam den gewünschten Anschluß und rief ein Taxi.

Nun war keine Zeit mehr zu verlieren. Er wollte sich beeilen und so schnell wie möglich hinunter auf die Straße gelangen, damit er sofort in das Taxi steigen konnte, sobald es vor dem Haus vorfuhr. Hals über Kopf verließ er die Wohnung. Er suchte Halt am Treppengeländer und stolperte, genarrt von Halluzinationen, die Stufen hinunter.

Bis zum Hauseingang waren es nur zwei Stockwerke, aber der Weg dorthin kam ihm viel länger vor als sonst. Seiner Ansicht nach hätte er schon längst im Erdgeschoß sein müssen. Auf dem nächsten Treppenabsatz blieb er unschlüssig stehen. Er wußte nicht mehr, wo er war; er hatte die Orientierung verloren. War er am Ende in die verkehrte Richtung gegangen, die Treppe hinauf statt hinunter? Er konnte es nicht sagen und behielt die eingeschlagene Richtung bei.

Mit letzter Kraft erreichte er die Haustür, riß sie auf

und schwankte durch den kleinen Vorgarten auf die Straße. Er wollte nach dem Taxi Ausschau halten, aber ihm wurde schwindlig und er mußte sich an einen Laternenpfahl lehnen, um nicht der Länge nach hinzufallen. Alles drehte sich vor seinen Augen. Die gegenüberliegenden Häuser hoben und senkten sich, als ritten sie auf den Wellen einer stürmischen See. Lichter tanzten vor ihm auf und ab, und die parkenden Autos am Straßenrand versanken im Boden, nur um im nächsten Augenblick wie Raketen gen Himmel zu schießen.

Er erinnerte sich an seinen ersten Rausch. Auch damals hatte er alles doppelt gesehen, und die Dinge um ihn herum waren hin und her geschwankt. Er hatte vor seiner Wohnungstür gestanden, sternhagelvoll, und nicht das Schlüsselloch gefunden. Ganz zufällig hatte er ein Auge zugekniffen, und plötzlich, wie durch Zauberei, war nur noch das eine Schlüsselloch dagewesen. Warum sollte er es auch jetzt nicht einmal damit versuchen? Er kniff ein Auge zu, und tatsächlich, er sah wieder normal! Er ärgerte sich, daß er nicht früher darauf gekommen war, das hätte ihm viel erspart. Dennoch, ganz so schlimm steht es nicht um ihn, dachte er. Noch ist nicht alles verloren. Er muß die Zähne zusammenbeißen. Bloß jetzt nicht schlapp gemacht. Er schaute sich um, und als er die erleuchtete Straße sah, stutzte er. Moment mal, sagte er zu sich, überall Lichter? Licht in den Fenstern, Licht von den Straßenlaternen? Dann ist es jetzt also wirklich dunkel. Diese Entdeckung flößte ihm neuen Mut ein. Allerdings warf die Tatsache, daß die ihn umgebende Dunkelheit kein Hirngespinst war, eine weitere Frage auf, nämlich: Wie spät war es jetzt? Als er vor seinem Terrarium den Entschluß gefaßt hatte, sich mit Hilfe seiner Schlangen aus der Affäre zu ziehen, da war es draußen noch hell gewesen, wenngleich es bereits dämmerte, das wußte er mit Sicherheit. Nun war es dunkel, aber sehr spät am Abend konnte es nicht sein, weil in den meisten Wohnungen noch Licht brannte, was zu späterer Stunde nicht der Fall gewesen wäre. Es mochte jetzt neun oder zehn Uhr sein. Demnach war etwa eine Stunde seit dem Schlangenbiß vergangen. Aber selbst wenn das Gift schon seit zwei Stunden in seinem Körper wäre, dachte er, so habe auch dies durchaus nichts Schlimmes zu bedeuten, denn er wollte sich ja ohnehin nicht sofort, nachdem ihn die Sandrasselotter gebissen hatte, in ärztliche Behandlung begeben, sondern erst einige Zeit verstreichen lassen. Trotz seines bedauernswerten Zustandes erschien ihm seine Lage nicht aussichtslos.

Als das Taxi kam, lief er zuversichtlich darauf zu und gab dem Taxifahrer durch Handzeichen zu verstehen, daß er hier richtig sei und anhalten solle. Der Taxifahrer bremste, und Bodo schwankte auf den Wagen zu, als würde er keine geteerte Straße unter den Füßen haben, sondern versuchen, bei hoher See vom Bug eines Schiffes nach achtern zu gelangen. Er erreichte die Beifahrerseite und wollte gerade die Wagentür öffnen und einsteigen, als der Taxifahrer, dem dieser schaukelnde Gang wohlbekannt war, die Tür von innen verriegelte, dann das Seitenfenster zur Hälfte herunterkurbelte und Bodo, der vergebens am Türgriff zerrte, zurief:

„He, he, Freundchen, nicht so stürmisch! Bei mir wird nicht mitgefahren. Such dir mal einen andern Dummen! Kenne euch Saufbrüder doch, voll bis zum Rand. Ihr seid noch keine drei Meter gefahren, da öffnen sich bei euch oben und unten die Schleusen, immer drauf auf meine sauberen Polster. Kann euch ja egal sein. Aber wer ersetzt mir hinterher den Schaden? Du? Na bitte! Schlaf erst mal deinen Rausch aus, mein Freund, dann kommen wir vielleicht ins Geschäft. Aber jetzt Pfoten weg und runter von der Piste!"

Der Taxifahrer kurbelte das Fenster hoch, gab Gas, und weg war er.

Bodo stand wie versteinert da. Damit hatte er nicht gerechnet. Es dauerte eine Weile, bis er begriff, daß ihn der Taxifahrer für einen Betrunkenen gehalten hatte. Diese Einschätzung war nicht einmal so falsch. Schließlich hatte er eine halbe Flasche Kognak intus, und auch sonst vermittelte er den Eindruck, als stünde er unter dem Einfluß von Alkohol. Es blieb ihm nichts anderes übrig, als in seine Wohnung zurückzugehen und von dort aus abermals ein Taxi zu rufen.

Er torkelte auf den Hauseingang zu, stolperte und stürzte. Nur mit Mühe kam er wieder auf die Beine und langte, mit einem Loch im Hosenbein und einem aufgeschürften Knie, an der Haustür an, und die war zu. Er suchte in seinen Hosentaschen nach den Schlüsseln, mußte aber zu seinem Schrecken feststellen, daß er sie nicht einstecken hatte. Wie sollte er nun ins Haus kommen? In seiner Not klingelte er bei Nachbarn im Erdgeschoß. Der Nachbar, der ihm öffnete, streckte seinen Kopf aus der Wohnungstür und sah Bodo mit zerrissener Hose und geschwollener Hand auf sich zuwanken, woraus er messerscharf schloß:

„Mein Gott, Sie sind ja blau wie ein Veilchen. Haben Sie bei uns geklingelt? Soso, die Schlüssel vergessen. Na ja, kein Wunder."

Und damit zog er den Kopf zurück und knallte die Tür zu. Denn er war der Meinung, daß er aufgrund dieser Störung schon lange genug die Nachrichten im Fernsehen versäumt hatte und nun gar nicht wußte, was aus den Leuten geworden war, die in einer Stadt im fernen China auf der Rolltreppe eines Warenhauses verunglückt waren. Es war ja gut möglich, daß man die nächste Woche auf einen Sprung in China vorbeischaute, und wenn man dann in jene Stadt kam und es liefen einem zufällig die Angehörigen der Opfer über den Weg, mußte man schließlich über nähere Informationen verfügen, um nicht dem Falschen sein Beileid auszusprechen. Mit einem Nachbarn, der offenbar stockbesoffen war, konnte man sich darum nicht lange abgeben.

Obwohl diese Nachbarn, wie Bodo wußte, ein Telephon besaßen und ihm hätten helfen können, verzichtete er darauf, noch einmal bei ihnen zu klingeln. Es hätte ja doch keinen Zweck gehabt. Er war schon froh, daß man ihm die Haustür geöffnet hatte.

Er bahnte sich seinen Weg nach oben und kam atemlos im zweiten Stock an. Wie nun ohne Schlüssel die Wohnungstür öffnen? Zum Glück war der obere Teil der Tür nicht wie der untere aus massivem Holz, sondern in kleine Milchglasfenster unterteilt. Bodo fakkelte nicht lange und schlug seitlich des Türschlosses eines der Fenster ein, wobei er sich die linke Hand an den Glasscherben verletzte. Er griff durch das Loch nach der Türklinke und öffnete die Tür.

Und nun alles noch einmal: Taxi rufen, Wohnung verlassen, diesmal aber mit Schlüssel, Treppe hinunter, vor dem Haus warten.

Erneut kam ein Taxi. Bodo nahm sich zusammen,

um nicht unangenehm aufzufallen. Er steuerte auf das Taxi zu und war überzeugt, daß er diesmal eine bessere Figur abgab. Aber da täuschte er sich. In Wahrheit bewegte er sich noch immer wie an Deck eines schlingernden Schiffes.

Der Taxifahrer zeigte sich indessen von Bodos Erscheinung wenig beeindruckt, teils weil er Verständnis hatte für die Nöte eines Quartalsäufers, teils weil er nicht zimperlich war, was die Verschmutzung seines Fahrzeugs anbetraf, hatte er doch wenig Erfahrung mit saurer Linsensuppe auf seinen Sitzen. In der Hauptsache aber betrachtete er es als seine heilige Pflicht, einem Mitmenschen in der Stunde der Not beizustehen, vor allem als ihm Bodo mit einem Hundertmarkschein zuwinkte. Er ließ Bodo deshalb ungehindert einsteigen. Und während dieser auf dem Beifahrersitz Platz nahm, fragte er ihn:

„Wo soll's denn hingehen? In die nächste Kneipe oder nach Hause ins Bett?"

„In ein Krankenhaus, aber bitte schnell!"

„Krankenhaus?" rätselte der Taxifahrer und grinste Bodo von der Seite an. „Was wollen Sie denn in einem Krankenhaus. In Ihrem Zustand, da entgeht Ihnen ja das Beste. Aber meinetwegen, wenn Sie unbedingt darauf bestehen, an mir soll es nicht liegen. Ich wüßte auch schon eine Klinik für Sie. Da gibt es Schwestern, die verstehen ihr Handwerk. Sie brauchen nur ein paar Scheine locker zu machen, dann sollen Sie mal sehen, wie Sie von Ihrem Leiden geheilt werden."

Er fuhr los, mit dem Ziel, Bodo in ein Bordell zu bringen.

„Verdammt noch mal", protestierte Bodo, „verstehen

Sie denn nicht, ich brauche einen Arzt! Ich bin von einer Schlange gebissen worden – einer Giftschlange."

„Ach, wirklich? Da sieht man mal wieder, was einem alles in dieser Stadt passieren kann. Man muß ständig auf der Hut sein. Denken Sie sich nur, heute morgen wäre auch ich beinahe auf eine Schlange getreten. Lag genau vor meinem Bett. Zum Glück hat sie mein Hund rechtzeitig entdeckt und verjagt. Sind eine regelrechte Plage, diese Biester. Muß am Klima liegen."

Der Taxifahrer lachte, daß ihm die Tränen in die Augen schossen.

„So reden Sie doch kein Blech, Mann! Fahren Sie mich endlich in ein Krankenhaus. Wenn Sie noch länger damit warten, können Sie mich gleich am Friedhof absetzen. Glauben Sie mir doch, mich hat wirklich eine Schlange gebissen. Da, sehen Sie sich meine Hand und meinen Arm an und überzeugen Sie sich selbst."

„Ach du grüne Neune", entfuhr es dem Taxifahrer, als er Bodos Verletzungen sah, „das sieht ja schrecklich aus. Das konnte ich nicht ahnen. Warum haben Sie mir nicht gleich gesagt, daß Sie hingefallen sind? Ist aber auch kein Wunder bei Ihrer Fahne!"

Warum habe ich nicht einfach einen Krankenwagen gerufen? fragte sich Bodo. Ja, warum nicht?

Eine plötzliche Müdigkeit überkam ihn. Seine Glieder wurden schwer wie Blei. Er sah noch, wie der Taxifahrer die Richtung änderte und hörte ihn etwas über Sprechfunk sagen, dann fiel er in eine leichte Ohnmacht. Einmal spürte er, wie er, an Armen und Beinen gepackt, hochgehoben und auf den Rücken gelegt wurde, und der Taxifahrer rief wie aus weiter Ferne:

„Was denn, tatsächlich ein Schlangenbiß? Mich laust der Affe! Das muß ich meinen Kollegen erzählen, die werden Bauklötzer staunen!"

Das war das Letzte, was Bodo wahrnahm, bevor er in eine tiefe Bewußtlosigkeit sank.

Als Bodo die Augen wieder aufschlug, lag er in einem Bett, mit dem Gesicht zur Decke. Er versuchte sich aufzurichten, um zu sehen, wo er war. Aber außer einer kleinen Drehung des Kopfes vermochte er kein Glied zu rühren, so daß er nur einen Teil seiner Umgebung erfassen konnte. Da war zunächst ein weißgetünchter Raum, dann eine Flasche, die, gefüllt mit einer farblosen Flüssigkeit, neben dem Bett an einem Ständer hing und mit dem Hals nach unten zeigte. Ein dünner Plastikschlauch verband sie mit seinem linken Arm. Rechts von ihm stand auf einem Nachttischchen ein Tablett mit Medikamenten. Es roch nach Antiseptikum und Desinfektion, woraus Bodo den Schluß zog, daß er sich in einem Krankenhaus befand. So war es.

Die Gewißheit, daß er in guten Händen war, beruhigte ihn. Die Ärzte würden sich schon um ihn kümmern und ihr möglichstes tun, damit er bald wieder gesund werden würde. Das Gegengift wirkte bestimmt schon. Tatsächlich hatte er einen Moment lang befürchtet, die Sache ginge am Ende doch noch schief und er bliebe auf der Strecke. Aber diese Sorge brauchte er ja nun nicht mehr zu haben. In ein paar Tagen wäre er wieder so weit hergestellt, daß er der Anstalt hier den Rücken kehren könnte. Zufrieden schloß er die Augen.

Da hörte er eine vertraute Stimme sagen:

„Schatz, wie geht's dir?"

Er öffnete die Augen und flüsterte kaum vernehmbar:

„Anita?"

Ja, es war Anita. Sie erhob sich von ihrem Stuhl und trat neben ihn ans Krankenbett, so daß Bodo sie sehen konnte, wenn auch nur wie durch Nebelschwaden. Sie ergriff seine linke Hand, die mit einer Mullbinde umwickelt war.

Bodo freute sich, daß Anita bei ihm war. Das war ein gutes Omen. Am liebsten wäre er aufgesprungen und hätte sie umarmt, aber dafür war er noch viel zu schwach. Statt dessen kam nur ein leises „Hallo, Strickstrumpf" über seine Lippen.

Anita erwiderte seinen Gruß durch einen sanften Händedruck.

„Was bin ich froh, daß du endlich wieder bei Bewußtsein bist", sagte sie. „Seit zwei Tagen liegst du auf der Intensivstation. Sie mußten erst herausfinden, von welcher Schlange du gebissen wurdest, bevor sie im Zoo den geeigneten Impfstoff besorgen konnten, wo er Gott sei Dank vorrätig war. Du hast außerdem eine ganz seltene Blutgruppe, und das erschwert einen Blutaustausch. Aber was rede ich. Sag, wie fühlst du dich? Hast du noch starke Schmerzen?"

Bodo gab Anita durch ein leichtes Kopfschütteln zu verstehen, daß er keine sehr großen Schmerzen habe. Nein, es tat ihm nichts weh. Es ging ihm, verglichen mit dem, was er durchgemacht hatte, geradezu blendend. Zugegeben, es war ihm ziemlich heiß, so als glühten Kohlen in seinem Innern. Das mußte vom Fieber kommen, denn Fieber hatte er bestimmt. Das war bei einer solchen Verletzung ganz normal.

„Mein Gott, ich habe ja solche Angst um dich gehabt", fuhr Anita fort. „Was machst du bloß für Geschichten? Wie kannst du nur so das Schicksal herausfordern? Es mußte ja mal soweit kommen. Du und deine Experimente! Jetzt siehst du, was passieren kann, du Dummer. Nein, nein, keine Widerrede!"

Bodo wollte widersprechen, aber Anita legte gebieterisch einen Finger auf seinen Mund und bedeutete ihm, daß ein Einwand zwecklos wäre.

„Übrigens", wechselte sie das Thema, „wegen der Sache mit Judith brauchst du dir keine Gedanken zu machen. Ich habe mit ihr gesprochen. Sie ist ein feiner Kerl. Ich soll dich von ihr grüßen. Natürlich hat es mich verletzt, als ich von eurem Verhältnis erfuhr. Aber Schwamm drüber. Auch von Franz Schlesier und Willi Bebel soll ich dir Grüße ausrichten. Sie wollen dich in den nächsten Tagen besuchen. Deine Eltern kommen morgen, und demnächst vielleicht auch Judith. Hoffentlich wird es dir für den Anfang nicht zu viel."

Anita hatte sich die ganze Zeit über bemüht, ihrer Stimme einen festen Klang zu geben, um sich nicht anmerken zu lassen, wie besorgt sie in Wirklichkeit um ihn war. Aber nun war sie nahe daran, die Beherrschung zu verlieren. Je länger sie Bodo ansah, desto weniger glaubte sie an seine baldige Genesung. Gut, daß er nicht sehen konnte, was sie sah: Sein rechter Arm war dick wie ein Ofenrohr, eine unförmige Masse gequollenen und sich zersetzenden Gewebes, und sein Gesicht, es war aschgrau, ohne eine Spur von Leben, so als ob alles Blut aus ihm gewichen wäre.

Bei dem Gedanken an die möglichen Folgen schnürte es Anita die Kehle zu und Tränen stiegen in ihre Augen.

Aber auch wenn ihr zum Heulen zumute war, sie durfte diesem Gefühl jetzt nicht nachgeben. Sie nahm sich zusammen und sagte:

„Wenn du wieder gesund bist, machen wir erst einmal zusammen Urlaub. Du willst doch? Weißt du, ich habe etwas auf der hohen Kante. Viel ist es nicht. Für eine Reise ins Ausland wird es wohl nicht reichen, aber dahin müssen wir ja auch nicht unbedingt. Bei uns ist es auch schön. Was hältst du von den Bergen? Ich wüßte da einen hübschen Ort im Allgäu, da war ich vor ein paar Jahren einmal mit meinen Eltern. Vielleicht können wir dort sogar in derselben Pension wohnen. Die Gegend wird dir bestimmt gefallen. Wald und Wiesen in Hülle und Fülle und ein glasklarer See, in dem wir baden können. Samstag abends ist Tanz ...“

Während Anita weiter von ihren Urlaubsplänen sprach, dachte Bodo: Das ist fast zu schön, um wahr zu sein. Das hatte er sich nicht träumen lassen, daß alles so gut verläuft. Sicher, nach dem was geschehen war, wird man darauf dringen, daß er sich von seinen Schlangen trennt. Und da ist seine kaputte Hand. Den Zeigefinger wird er wohl oder übel opfern müssen. Sogar möglich, daß man ihm noch einen weiteren Finger abnimmt. Na wenn schon! Diesen Preis will er gerne zahlen, wenn er sich nur wieder im Betrieb blicken lassen kann, ohne wie ein Aussätziger behandelt zu werden. Die Aussichten dafür sind gut, haben doch sogar Willi Bebel und Franz Schlesier ihren Besuch angekündigt. Wenn er ferner Anita und Judith, die er beide schon abgeschrieben hatte, in diese Rechnung mit einbezieht, so kommt er geradezu billig dabei weg. Merkwürdig nur, warum Anita auf einmal so leise spricht, er versteht sie kaum.

Ihre Stimme klingt, als ob sie sich von ihm entferne. Er kann sie auch nicht mehr sehen. Geht sie denn weg? Ach ja, richtig, sie wird denken, er sei müde, weil er die ganze Zeit geschwiegen hat, und nun will sie ihn allein lassen, damit er in Ruhe schlafen kann. Natürlich, das ist es. Ein guter Einfall, das mit dem Schlafen, bin wirklich ein bißchen schläfrig. Will ein kleines Nickerchen machen, damit ich ausgeruht bin, falls ich unters Messer muß.

In Gedanken an eine bessere Zukunft schloß Bodo die Augen, ohne zu ahnen, daß er sie für immer schloß.

Werner Hasselbacher

Zebra mit Bratkartoffeln
Zoogeschichten

Überschüssige Zootiere werden dem Zoopersonal bei einem Betriebsfest als Braten serviert, ein Orang-Utan zeigt seinem Pfleger, wer der Herr im Hause ist, der Transport eines Nilpferdes kann Kopfschmerzen bereiten, einem Zoodirektor erscheinen seine Zöglinge nachts im Traum ...

Dreizehn phantasievolle Zoogeschichten, versehen mit einem kräftigen Schuß Humor und einer Prise Sarkasmus.

Reise zum Mittelpunkt der Ferne
Erzählungen und Reportagen

„Er hatte beschlossen, Pilot zu werden und benötigte für die Ausbildung fünftausend Dollar. Bei seinem ersten Flug wären wir seine Gäste ...“

Ob Werner Hasselbacher vom Traum eines kenianischen Hotelangestellten erzählt, von zwei Busfahrten durch das Bergland Sri Lankas, von einem Brief aus Kuba und einer Weinprobe im Burgenland, oder ob er den Leser in einen von Nairobi nach Mombasa fahrenden Nachtzug versetzt: stets verbindet er das Erzählte mit einer Reise.